Polar

Blanco

1

Insoupçonnable Vengeance

Qui peut-en vouloir à ce flic hors pair ?

Inspiré de certains faits réels...

Pascal Drampe

© 2020, Pascal Drampe.

Edition : BoD - Books on Demand,

12-14 rond-point des Champs-Elysées 75008 Paris

Impression : BoD – Books on Demand, Norderstedt,
Allemagne.

ISBN : 9782322220212

Dépôt légal : mai 2020.

Du même auteur :

« Flic, un métier qui tue… » Editions Nestor, 2019.

Mes remerciements à :

- ma femme, Betty, mon fils, Adam, ma mère et ma grande-sœur, Nadine, pour leur soutien inconditionnel,

- mes amis et ex-collègues du ministère de l'Intérieur et de l'« Extérieur ».

Haïku japonais :

« Feuille tombera.

Seul, le temps s'en chargera.

Bon vent l'ôtera ».

Toute vengeance impose connaissance. Dans le doute, suivez sagement ce chemin.

Blanco.

Prologue

A la tombée de la nuit, la jeune fille stationna sa Mini-Cooper S, rouge et noire, et actionna le frein de parking. Concomitamment, elle entrouvrit sa portière côté conducteur, tout en se contorsionnant dans l'autre sens, pour récupérer derrière son siège, son sac-à-main posé au pied de la banquette arrière. Alors que sa main droite en saisissait les poignées, elle ressentit une violente douleur au-dessus de la cuisse gauche, lui faisant lâcher, brusquement, son Louis Vuitton.

D'une rotation brusque de la tête, son regard se fixa immédiatement à l'endroit du mal. Juste le temps d'apercevoir qu'une longue aiguille de seringue s'extirpait déjà de sa chair. Une petite tache de sang apparut sur son « Jean skinny », à l'emplacement de la piqûre.

Les yeux exorbités, la bouche grande ouverte, elle ressentit une vague de chaleur monter exponentiellement en elle et des fourmillements lui envahir tout le corps. Instantanément, elle pesa de tout son poids sur son siège baquet en cuir rouge. Les bras ballants, le regard voilé, la gorge nouée, la soudaine anesthésie l'empêchait de prononcer le moindre son. Elle n'eut pas le temps de comprendre ce qui lui arrivait et sombra dans le néant.

La portière avant droite s'ouvrit brusquement. Saisie sous les aisselles, la jeune victime, totalement inerte, était glissée sur la banquette arrière de sa voiture. Un épais sac en toile de jute, démuni d'orifice, lui recouvrait la tête jusqu'aux épaules. Sans le moindre témoin de cette scène fulgurante, la voiture sortit, en toute discrétion, du parking.

Était-ce un cauchemar ou la réalité ?

Une vingtaine de minutes plus tard, l'effet de l'anesthésiant s'amenuisant peu à peu, la jeune fille, bien qu'en absence totale de repère sensoriel, comprit qu'elle était victime d'un kidnapping. L'horreur se mêlait à l'incompréhension. Incapable d'esquisser le moindre geste ou de prononcer une seule lettre, elle avait uniquement conscience d'être allongée sur la banquette arrière d'une voiture circulant à vive allure.

A peine fit-elle entendre un infime soupir de complainte, qu'aussitôt, la voiture ralentit sensiblement sa vitesse, avant de s'arrêter complètement. Sa terreur et sa totale désorientation s'évanouirent sous l'effet d'une nouvelle piqûre qui lui perça la peau, à l'intérieur du bras gauche, cette fois-ci. Une vague de chaleur la parcourut entièrement. De nouveau, elle perdit connaissance...

Chapitre 1

Quelques mois auparavant...

Le 1er septembre deux mille sept, « Blanco » était promu au grade de commandant de police. Ainsi baptisé, par le « milieu », depuis son épopée guadeloupéenne, du fait qu'il était le seul flic blanc à s'aventurer, seul, dans les ghettos. Il y avait souvent défrayé la chronique, notamment en livrant le légendaire combat à mort avec l'ex-ennemi public numéro 1 et sa femme, dans le coupe-gorge guadeloupéen de Boissard aux Abymes, le vingt-deux janvier deux mille un.

Muté à Nice depuis le huit octobre deux mille un, il venait d'y exercer six ans de capitanat. Cependant, durant les trois premières années, il restait, étonnement, neutralisé au « placard ». Sans doute, qu'après des séjours remarqués et des affaires dites sensibles à Paris, dans le nord de la France et aux Antilles, son tableau de chasse inquiétait pour le moins une certaine partie de sa nouvelle hiérarchie locale...

Blanco, un flic entêté, un chevalier sans peur et sans reproche, doté d'un sens de la justice aigu, aux méthodes plutôt atypiques, se confrontait souvent à ses tauliers aux appétences divergentes. Non pas qu'il manœuvrait illégalement, bien au contraire, mais plutôt parce qu'il était contraint de pratiquer en freelance, refroidi par les raisons obscures de sa mise à l'écart durant ces trois longues années de purgatoire injustifié.

Sa persévérance et son insatiable passion pour son métier, lui permettaient, au cours de ces trois dernières années, d'accéder au grade supérieur. Ainsi, lui était confié, malgré ses controversés détracteurs locaux, le commandement de plusieurs groupes d'investigation au sein de la Sûreté Départementale des Alpes-Maritimes.

Il peinait à trouver son semblable parmi ses collègues. Sans doute en raison de la particularité de son éducation qui, dans la difficile école de la vie des quartiers défavorisés du nord de la France, lui avait forgé un caractère en acier trempé. Pour contrecarrer le système vicié, dans lequel il exerçait avec la vista d'un équilibriste aguerri, il s'aventurait, souvent seul, sur les terrains minés. Ainsi, il en préservait ses effectifs et contournait, aussi, les agents de renseignement de « l'Intérieur » : les « taupes ».

Âgé de quarante-trois ans, il atteignait l'âge mûr pour un flic. Après avoir gravi tous les échelons à la force du poignet, sans bénéficier d'un quelconque réseau d'influence, sa véloce ascension hiérarchique récompensait un engagement total dans la lutte sans fin qu'il livrait à l'endroit de la délinquance. Malgré l'affrontement, stérile et quasi permanent, avec ses « supérieurs » hiérarchiques, il recevait, aujourd'hui, la reconnaissance auréolée de cette promotion aussi rapide qu'inattendue, des hautes instances parisiennes et du préfet des Alpes-Maritimes.

Corollairement, sa situation familiale ne pouvait être en adéquation avec son palmarès professionnel, d'autant qu'il était veuf depuis quelques années. Son engagement total dans la lutte contre le banditisme n'avait laissé ne serait-ce qu'une infime place à sa vie privée, sachant qu'il s'interdisait toute relation suivie pour épargner ses enfants, meurtris par la violente disparition de leur mère, tragiquement décédée lors d'une sortie de route. Son corps n'a jamais été retrouvé, sans doute emporté par les eaux du torrent dans lequel sa voiture avait arrêté sa course. La présence de leur génitrice, dans cette montagne, demeurera toujours inexpliquée…

Avec l'aide de ses hommes, en trois années d'intenses investigations dans le trafic automobile international, à la cadence de 24h/7j, il avait démantelé les réseaux de l'Europe de l'Est, de l'Afrique de l'Ouest, de l'Algérie, de la Tunisie, de la mafia italienne et du réputé milieu gitan du triangle Marseille-Nice-Grenoble. Sans compter qu'il avait terni quelques cols blancs haut perchés. La courbe des statistiques des véhicules dérobés avait volé en éclats, son service était devenu la référence nationale dans ce domaine étroitement lié au grand banditisme.

Nouvellement promu, la réorganisation de sa vie professionnelle et de ses groupes d'investigation, lui permettait de sortir, quelque peu, la tête hors de l'eau et de profiter, *a minima*, de ses trois enfants.

Mattéa, âgée de vingt-et-un ans, en couple avec Edson, un jeune policier affecté, depuis peu, au commissariat de police à Nice ; Adam, dix-huit ans, épris d'une jeune et jolie niçoise, Marie-Gabriella ; et Hugo, quinze ans, le petit dernier, qui fricotait lui aussi, avec Cécilia, une belle petite azuréenne.

A l'occasion d'une rare sortie dominicale, les sept touristes d'un jour profitaient d'une magnifique journée de découverte du splendide arrière-pays niçois, à bord du légendaire train des Pignes. Avec diplomatie, Blanco parvenait à contourner le profond intérêt que lui portait son gendre, Edson, toujours admiratif et avide du récit de ses « affaires judiciaires » médiatisées. Ainsi, il pouvait se consacrer uniquement, pour une fois, à ses trois enfants qu'il avait à peine pris le temps de voir grandir.

Enfin, il semblait découvrir les joies légitimes d'un relatif équilibre entre son travail de flic et ce qu'il lui restait de sa vie de famille. Il était devenu le chef d'unité de tous les groupes d'investigation de la Sûreté Départementale des Alpes-Maritimes et ambitionnait de leur « faire-savoir » son « savoir-faire ». En quelque sorte, il espérait, doucement mais sûrement, passer le relais à un ou plusieurs héritiers dignes de ce nom.

Quatre mois plus tard…

Ce deux janvier deux mille huit à sept heures quinze, fidèle à son rituel, au service avant l'heure pour prendre la température et précéder l'arrivée de ses troupes, il pénétrait dans la caserne Auvare à Nice. Doté d'un instinct hors norme, Blanco éprouvait toujours, au plus profond de ses entrailles, l'inexplicable atmosphère prégnante de cette enceinte, à l'apparence si austère.

Le lourd contexte historique n'y était sans doute pas étranger. Puisqu'au cours de la deuxième guerre mondiale, plus précisément, du 26 au 31 août 1942, six cent soixante-quatre « raflés » y avaient été détenus, sous le contrôle de la controversée police de Vichy. Juifs et apatrides y étaient parqués avant leur départ à destination du macabrement célèbre camp de Drancy, via la gare de « marchandises » de Saint-Roch. Pour le « petit détail » de l'histoire, quarante-cinq d'entre eux, y avaient été acheminés par le train des Pignes. Les souffrances de ce lourd passé semblaient vouloir résister au temps. Ainsi, ces âmes perdues atteignaient celles réceptives pour alimenter la mémoire collective. Sans doute dans l'espoir que l'être humain ne reproduise pareille horreur, qui fît la bagatelle de six millions de victimes...

Avec hardiesse, Blanco gravit l'escalier extérieur en béton de son bâtiment B3 et s'engagea dans cet interminable couloir traversant, bordé des nombreux bureaux de ses groupes d'enquête. Le sien, plus grand que les autres, était localisé stratégiquement à mi-corridor. D'un côté, ceux de la Crim' et de la financière ; de l'autre, ceux de la brigade anti-cambriolage et de son ex-groupe auto. Il commençait à apprécier les prérogatives de ce haut rang pour lequel il avait bataillé ferme.

Il investit son office, sommairement meublé d'un imposant bureau en chêne massif, recouvert d'un dessus en verre, sous lequel étaient emprisonnées ses photographies-souvenirs d'anciennes affaires judiciaires marquantes. En face, plantée derrière deux fauteuils de visiteurs, une grande armoire métallique se dressait, d'un bloc, jusqu'au plafond et abritait fièrement bien d'autres trophées. A gauche de son impressionnant fauteuil marron au cuir vieilli, Blanco avait positionné, à portée de main, son tableau fétiche de feuilles volantes, monté sur un solide trépied en bois. C'est sur ce support désuet qu'il esquissait ses fameuses stratégies d'approche, dont lui seul détenait le secret, pour traiter les enquêtes judiciaires en cours. L'affiche cinéma du légendaire film « Le Clan des Siciliens » surplombait son bureau, sous les regards experts de l'immortel trio, Jean Gabin, Alain Delon et Lino Ventura.

Quasiment rien n'y traînait, ni vieux dossiers jaunis par le temps, ni code pénal et code de procédure pénale,

11

pourtant les bibles du procédurier. Nul besoin pour Blanco qui appréciait la sobriété et qui, de surcroît, était doté d'une efficiente mémoire. D'ailleurs, ce vide apparent lui avait valu cette réflexion déplacée d'un nouveau patron, semblant ignorer son exceptionnel parcours.

---Vous y travaillez, Commandant, dans ce bureau ?

Blanco, qui n'était pas du genre impressionnable, fort de sa riche expérience, comprenait au premier coup d'œil que ce commissaire de police n'aurait de respectable que son grade. Il lui répondait, sur un ton sarcastique.

---Vous en avez la preuve. Voyez-vous un dossier orphelin d'identité ? Constatez qu'aucune enquête contre X… n'a résisté à notre intelligence de jeu !

Sous le coup de la vexation, les rides de son supérieur hiérarchique se creusaient davantage. Désarçonné pour si peu, ce commissaire de cinquante-six ans n'opposait qu'un dérisoire bruissement de déglutition incontrôlée. Il perdait soudainement son air suffisant et comprenait, dès lors, qu'il devrait s'adresser plus prudemment à l'endroit de cet incontournable maillon du système judiciaire niçois.

Bref, ce lundi deux janvier deux mille huit, au matin plutôt glacial pour la région, Blanco s'installa confortablement dans son fauteuil cossu, déposa son arme administrative, le « SIG SAUER », dans le tiroir du bureau qu'il verrouilla précautionneusement, et conserva celle ignorée de tous, non réglementaire, fixée à la cheville droite.

Il était toujours enfouraillé, autant par habitude que par expérience, joignable à toute heure du jour, mais surtout de la nuit, par ses multiples « agents de renseignement ». Par conséquent, mieux valait être prudent lors de ses déplacements nocturnes plutôt osés. C'est Jean-Marc, un ancien collègue officier à Pointe-à-Pitre, qui l'avait initié au port discret d'une seconde arme, « au cas où », disait-il. Personne ne lui connaissait cette pratique inaccoutumée, excepté quelques conquêtes furtives.

Alors que le commandant Blanco élaborait l'ordre du jour de la « grand-messe » de huit heures, pour briefer les responsables de ses groupes d'investigation de la Sûreté Départementale, son attention fut attirée par la présence d'une enveloppe blanche, posée à même le sol, au pied de l'entrée de son bureau. Lui qui avait pourtant l'œil aguerri, n'y avait pas prêté attention en entrant.

Pourquoi avait-elle été glissée, ainsi, sous sa porte ? Que pouvait-elle bien contenir ? Son office était toujours ouvert la journée. Pour quelle raison l'y avait-on introduite avec autant de discrétion ?

Il la fixa quelques secondes, envahi par un profond pressentiment. Il connaissait trop bien cet avant-goût amer, pour y avoir été confronté lors de la plupart de ses grosses affaires judiciaires. A ce moment précis, il aurait préféré qu'elle n'existât pas.

Il se leva en soupirant et, se dirigeant vers cette enveloppe rectangulaire immaculée, son instinct lui indiqua de prendre toutes les précautions utiles. Il se saisit d'une petite pince à épiler, qu'il gardait toujours sur lui pour conserver les traces et indices, et la ramassa.

Exposé aux rayons lumineux de la lumière du jour, il tenta en vain d'en distinguer, par transparence, le contenu. Il se rassit en soupirant de nouveau. A contrecœur, il l'ouvrit, très délicatement, craignant déjà ce qu'il allait découvrir. Sa mauvaise prémonition montait crescendo.

Il en sortit, enfin, une demi-feuille de papier au format A4 dont le message écrit à la main, en lettres majuscules noires, lui glaça le sang.

PROUVE QUI TU ES, BLANCO !

A TOI DE TROUVER TA FILLE AVANT 3 SEMAINES, SINON ELLE MOURRA !

TU PAYERAS POUR LE MAL QUE TU AS FAIT !

RECOIS CE SEUL INDICE : PITESTI !

INUTILE DE PRECISER QUE TU DOIS GARDER LE SILENCE SI TU VEUX LA REVOIR !

COMPTE A REBOURS LANCE AUJOURD'HUI !

Blanco demeura, un long instant, immobile, bouche-bée, les yeux ronds, pétrifié à l'idée que sa fille ait été enlevée. Qui plus est, à cause de lui. La température, anormalement froide pour cette région de la Côte d'Azur, ne parvint pas à enrayer l'apparition des perles de sueur sur son front. Il pesa de tout son poids contre le dossier de son imposant fauteuil en cuir.

Pour la première fois de sa carrière, il était en proie à une aussi violente qu'incontrôlable poussée d'anxiété.

Machinalement, il se ressaisit en inspirant et expirant profondément. A peine, rajusta-t'il sa posture sur son siège, qu'une cascade de questions fusait déjà en lui. Il saisit son téléphone d'un geste anormalement tremblotant et composa le numéro de sa fille. Sans surprise, il tomba directement sur sa messagerie vocale. Inutile d'insister, il sentait que l'invraisemblable s'était véritablement produit. Cet enlèvement ne faisait plus l'ombre d'un doute, convaincu par son expérience. Il se questionna en boucle.

--- Qui pourrait m'en vouloir au point d'enlever ma fille et de menacer de la tuer ?

Certes, Blanco était devenu la bête noire dans le milieu du grand banditisme. Pour autant, ses méthodes, certes atypiques, étaient très respectées de ses coriaces adversaires. Il avait forcément utilisé des stratagèmes déroutants pour les déstabiliser, avant de les mettre hors d'état de nuire. Mais, il était de rigueur, et de bonne guerre, que chaque camp se batte avec ses propres armes, dans le respect des codes de l'honneur. Alors, à première vue, il n'y avait aucun mobile justifiant le kidnapping de sa fille !

Le ou les ravisseurs avaient laissé un seul indice sur le message anonyme : PITESTI !

Chapitre 2

La science de l'assistant universel, Google, lui révéla que Pitesti était une ville moyenne, industrielle, ouvrière et universitaire, de plus de cent-soixante-mille habitants, située en Roumanie, au bord de l'Arges dans le judet d'Arges, à cent-vingt kilomètres au nord-ouest de la capitale, Bucarest.

Un détail cinglant refroidit Blanco. La terrible prison de Pitesti où la « Securitate » roumaine avait expérimenté les pires tortures de 1949 à 1952. La métamorphose des prisonniers y fût telle que les rares survivants en devinrent les plus épouvantables bourreaux. Personne n'en ressortait vivant, c'est ce qui lui avait permis d'être ignorée du reste du monde, pendant de longues années. Lorsque l'on y découvrit les scènes d'horreur, ce pandémonium fut définitivement fermé et ses secrets ignobles emmurés à jamais. Sa fille devait vraisemblablement y être séquestrée.

En effet, cet enquêteur chevronné établit immédiatement la corrélation avec une affaire de trafic automobile international traitée en deux mille quatre. Lors de laquelle, il avait démantelé un gigantesque réseau roumain qui sévissait dans tout le sud de l'Europe : dans la région de Vérone, en Italie ; dans les secteurs de Castellón et de Barcelone, en Espagne ; ainsi que dans toutes les grandes villes du sud de la France.

Sachant que l'organe de commandement de cette organisation mafieuse était basé à Pitesti.

Au cours de cette enquête d'envergure dans la sphère du grand banditisme, Blanco avait habilement dupé le capo délocalisé de cette structure. Il demeurait primordial qu'il se remémore tous les éléments de cette commission rogatoire pour parvenir à localiser son enfant.

Mais, avant le déclenchement des hostilités, il devait prendre congé, durant les trois semaines qui lui étaient allouées, pour remplir la mission de sa vie. Il descendit, quatre-à-quatre, les marches de l'escalier intérieur de son bâtiment B3 et investit l'immense bureau, dénué de caractère, du fameux commissaire « maladroit ».

--- Alors, Commandant Blanco ? Que nous vaut cet empressement ? Encore un de vos rebondissements dans une grosse affaire ?

La mésentente avec ce commissaire principal était épidermique. Il affichait la plupart du temps un sourire narquois. Cette fois-ci, Blanco ne répondit pas à ce semblant de provocation.

--- Non, je pose, tout simplement, trois semaines de congé dont j'ai besoin urgemment.

--- Trois semaines ? Tout simplement ? Depuis mon arrivée, vous n'avez pris aucune journée de repos. Faut que le problème soit grave pour que vous me formuliez une telle demande ?

--- Non, juste un problème d'ordre familial à régler.

Son commissaire prit un malin plaisir à laisser sa réponse en suspens. C'était la première fois qu'il pouvait jouir d'un ascendant sur ce commandant. Ce piètre supérieur hiérarchique se jeta à pieds joints sur cette occasion offerte sur un plateau, pour tenter d'asseoir un ersatz d'autorité.

--- Bon ! Je vais y réfléchir !

Les traits sévères de son visage s'arrondirent instantanément, et son faciès, d'habitude si blême, s'éclaira aussi soudainement. L'on put même percevoir une petite lueur dans ses yeux, en général si éteints.

De son côté, le naturel de Blanco revint promptement au galop.

--- Je prendrai connaissance de votre avis dès mon retour, dans trois semaines !

Blanco disparut comme l'éclair, laissant sans voix son supérieur hiérarchique direct.

Il s'enferma dans son bureau, sans dire un mot à ses subalternes, si ce n'est que la réunion hebdomadaire et le commandement de l'unité étaient confiés à son adjoint, durant les trois prochaines semaines.

Ses hommes savaient que Blanco pouvait être du genre taciturne, surtout lorsqu'une enquête végétait anormalement à son goût. Dans ce cas précis, il ne parlait que par nécessité, et avait pour habitude de n'exposer aucun visage de circonstance. Là, tout le monde avait pu deviner son embarras. Peut-être s'était-il encore pris le bec avec la hiérarchie, pensaient-ils ?

Finalement, ils ne cherchèrent pas non plus à approfondir le sujet, se contentant, déjà, d'apprécier la relative accalmie de ces semaines à venir. En effet, Blanco leur imposait une cadence de travail à la limite du soutenable, pour élucider, coûte que coûte, toutes les affaires judiciaires confiées à son unité d'investigation. Beaucoup d'entre eux semblaient quelque peu éreintés. Mais c'était le prix à payer pour exercer dans les services judiciaires de cet inépuisable flic, à mille lieux des éternels clichés du « fonctionnaire ».

Blanco, lui, se plongea, sans perdre une seconde, dans l'énigmatique situation dramatique qui l'atteignait au plus profond de son âme. Des gens avaient osé toucher à sa chair, à son sang. Mais pour quelle raison ? Et pourquoi s'en prendre à sa fille ? Sans doute pour l'ébranler davantage que s'ils s'en étaient pris à lui directement.

C'était un comble, puisqu'il pensait l'avoir préservée des dangers du métier, en lui interdisant de prolonger son contrat d'adjoint de sécurité dans la police. *A contrario*, à cause de lui, elle faisait l'objet d'un terrifiant kidnapping. Il s'en voulait à mort et aurait donné sa vie pour prendre sa place.

Il devait impérativement prévenir et, surtout, protéger ses deux garçons. Il leur donna rendez-vous au restaurant l' « Adonis » d'un de ses amis libanais, près du cours Saleya, jouxtant le magnifique marché aux fleurs du Vieux-Nice.

Une heure plus tard, sans détour, il les informa de la situation et leur ordonna de garder sous silence cet enlèvement, au risque que leur sœur soit exécutée. Il tenta de les rassurer, comme à son habitude. Ce qui n'empêchât pas ses deux fils de constater, avec consternation, l'absence troublante de son aplomb habituel. Tous deux, inquiets, l'avisèrent d'une seule voix.

--- Padré, tu crois que tu vas la retrouver ?

Blanco marqua un temps d'arrêt en avalant, trop ostensiblement, sa salive. Ses deux garçons se tinrent la main fermement, lorsque leurs regards se fixèrent sur les

19

mouvements incontrôlés de sa glotte qui, bien malgré lui, trahissaient ses doutes.

Décryptant cette œillade aussi touchante que circonspecte, il s'employa, au mieux, à se reprendre vivement.

--- Vous savez qu'aucun malfaiteur ne m'a échappé au cours de ma carrière. Vous pensez bien que rien ne pourra m'empêcher de la retrouver. Jusqu'à nouvel ordre, il est impératif que vous restiez ensemble et que vous soyez totalement hermétiques à votre environnement extérieur. Il faut que je fasse rentrer Edson, en visite chez ses parents à Paris. Il devrait rappliquer à tire-d'aile au téléphone lorsqu'il s'inquiètera de l'absence de réponse de votre sœur. Je ne sais pas encore comment m'y prendre pour l'épargner au minimum, j'aviserai en temps utile. Mais il vaut peut-être mieux le mettre au courant pour qu'il revienne assurer votre protection. Le risque, si je la retrouvais rapidement, serait que le ou les ravisseurs puissent s'en prendre à l'un de vous deux. Si Edson vous appelle, ne répondez pas, ainsi il me contactera directement. Bon, les gars, le temps presse ! Vous ne m'entendrez pas avant un ou deux jours, je dois rester prudent et surtout aucun avis à la police ou à qui que ce soit d'autre ! Faites-moi confiance, j'ai une petite idée de l'endroit où elle se trouve. Ne doutez pas et restez soudés.

Ils s'étreignirent puissamment, une dizaine de secondes, à s'en couper le souffle. Blanco disparut comme l'éclair, sans se retourner, avec la détermination qui le caractérisait. Son regain d'assurance réconforta un peu plus ses deux descendants. Le plus grand, Adam, consola son petit frère, Hugo.

--- Tu connais le padré. Quand il est comme ça, c'est comme si Mattéa était déjà sauvée. On doit lui faire confiance, c'est le meilleur !

Pour s'auto-briefer, Blanco s'isola, quelques minutes, sur un banc de cette somptueuse « promenade des Anglais ». Assis face à la mer, il en ignora, pour la première fois, la beauté de sa robe azurée. Il se remémora les rares mais intenses moments passés ici, lors des longues balades à roller avec ses enfants. Son regard s'arrêta, un instant, sur le restaurant « Les Bains », ancré dans la roche, au bout de la Prom', comme les nissarts se plaisent à la nommer.

Ils y avaient apprécié ce délicieux « vrai » pan-bagnat local, ainsi que ces fameux petits farcis niçois. La police nationale de Nice bénéficiait de cette concession de cinquante ans, en récompense de son honorable implication dans la phase de libération de la France, au cours de la deuxième guerre mondiale. L'endroit était désert en cette saison basse de l'année. Blanco regretta amèrement de ne pas y avoir dégusté plus de bons moments avec sa fille.

Après ce bref laps de temps d'égarement, il se remémora les moindres détails de cette fameuse affaire diligentée à l'endroit de cette organisation mafieuse roumaine.

Le cinq janvier deux mille quatre, alors capitaine, il créait un groupe de trafic auto au sein de la Sûreté Départementale des Alpes-Maritimes. L'ascension de sa team, notamment dans l'élucidation des car-jacking et home-jacking, montait crescendo. Un informateur d'opportunité, lors d'une audition nocturne, lui avait glissé à l'oreille qu'un gang roumain opérait dans tout le sud de la France. Blanco obtenait cette indiscrétion, uniquement en accordant, au gardé-à-vue, le bénéficie d'une incarcération à Grasse plutôt qu'à Nice. En effet, il était notoirement connu que les conditions de détention y étaient beaucoup plus favorables, notamment en raison de cette imprenable vue mer.

Blanco et ses deux fameux acolytes, Boum-Boum et Jo, enquêtaient sur cette affaire plus ou moins à l'aveuglette. En raison, non seulement, d'une charge de travail considérable, car, à sa création, seul le trio composait le groupe auto ; mais aussi, du fait de la totale discrétion de ce réseau.

Comme souvent, la bonne étoile de ce flic lui éclairait la voie de manière tout-à-fait fortuite, un après-midi, alors qu'il arpentait ce charmant quartier du Vieux-Nice. En quête de la localisation d'un nid de trafiquants tunisiens de M'Saken, il croisait, inopinément, le chemin d'un ressortissant roumain qu'il identifiait malgré l'impressionnante métamorphose de son visage tuméfié. Il captait discrètement son attention.

---Alors, Sergiu ! On n'salut pas les vieux amis !

Blanco n'oubliait jamais la trombine et le nom de ses anciens gardés-à-vue, encore moins cet impressionnant Sergiu, un ressortissant roumain d'une bonne trentaine d'années. La sculpture de ses oreilles révélait son passé de lutteur de haut niveau, les traits de son visage semblaient taillés à la serpe. La tête ronde et les cheveux rasés, il n'était pas homme à rencontrer la nuit dans les ruelles étroites du Vieux-Nice, il paraissait aussi haut que large, solide comme un roc.

Quelques mois auparavant, Blanco l'avait surpris en le bousculant quelque peu lors d'une garde-à-vue. Mais le roumain ne lui en tenait pas rigueur, bien au contraire, et avait apprécié, à sa juste valeur, sa bravoure. De toute façon, c'était de la bagatelle à côté de ce qu'il aurait eu à subir dans sa contrée lointaine des Carpates.

Blanco surenchérissait.

---Que s'est-il passé ? Tu as fait une mauvaise rencontre ?

Autant par sécurité que par expérience, Sergiu balayait du regard, le secteur à 360°, puis avisait Blanco de le suivre d'un geste appuyé et directionnel du menton. Après quelques dizaines de mètres de progression pédestre sécurisée, ils montaient au deuxième étage d'un vieil immeuble typique de ce quartier, en empruntant un escalier en bois, dont le craquement sec des marches avertissait les occupants, de chaque nouveau pas.

Sitôt la porte refermée d'un studio délabré, Sergiu lui narrait son agression de la veille. Un nommé Draganu, assisté de ses hommes de main, lui avait reproché, à la manière en vigueur dans leur milieu, un litige commercial lié à un conflit de compétence territoriale. Son agresseur était le capo délocalisé, sous les ordres du grand parrain de Pitesti. En charge du réseau de trafic de vols de voitures, il dirigeait les bases arrière à Vérone, en Italie ; à Barcelone et Castellón, en Espagne ; et à Nice, pour la région sud de la France.

Sans apparente contrepartie, uniquement animé d'un esprit de vengeance, Sergiu lui localisait le nid, dans un grand appartement des quartiers Est de Nice. Seulement, pour éviter à Blanco de cramer sa source et, surtout, de lui éviter de se faire descendre par ses pairs sans foi ni loi, Sergiu devait faire partie du coup de filet. Cette révélation, d'une

23

valeur inestimable, fît sans doute gagner au moins six mois d'enquête à Blanco, alors capitaine.

Le soir même, à vingt heures cinquante-neuf précises, pour respecter l'heure légale de perquisition de six à vingt-et-une heures, conformément aux infractions pénales de droit commun, Blanco investissait la planque, en compagnie d'une dizaine d'hommes pour autant d'interpellations. Les conditions de VIP de Draganu ne laissaient planer aucun doute quant à son statut de chef du réseau. Les dix ressortissants roumains étaient déférés devant la juge d'instruction, après quarante-huit heures de surchauffe des ordinateurs du trio du groupe auto.

La magistrate mandante n'en croyait pas ses yeux.

---Bravo, Capitaine, joli coup de filet ! Elucidation de cent cinquante vols de voitures et mille cinq cents vols à la roulotte, pour le semestre en cours ; le cerveau, quatre binômes d'exécutants et l'informateur déférés. Voici une affaire rondement menée et vite pliée.

A sa grande surprise, Blanco lui proposait une toute autre orientation judiciaire. Il insistait pour que le capo soit placé sous contrôle judiciaire, assorti d'un pointage quotidien dans son bureau. Il savait que, sans le démantèlement du réseau de receleurs, le grand parrain de Pitesti s'armerait rapidement d'une nouvelle équipe, pour s'assurer de toucher les dividendes de ce très juteux terrain de jeu. La juge, dont parfois les joues, un peu rosies, trahissaient un inavoué intérêt pour ce flic peu conventionnel, acceptait sans coup férir.

Ainsi, Blanco recevait quotidiennement la visite et de précieuses informations sur l'organisation roumaine et la concurrence, de la part de son nouvel ami de circonstance, Draganu. Aveuglé et emballé par la perspective de profiter du protectorat de ce flic de poids dans la région du sud de la France, sa confiance devenait irrévocable. Pour preuve, plus les jours avançaient, plus les poches du capo roumain s'épaississaient, non pas en gains illégaux, mais plutôt en effets personnels. L'opportunité se présentait sous les meilleurs auspices pour que Blanco mette en exergue une de ses méthodes fétiches, très personnelle, qu'il avait baptisée « la technique de la veste ».

Cela consistait, après avoir établi une indéfectible confiance de la part de son visiteur, à l'inviter à prendre un verre à l'extérieur de la caserne, en l'assurant qu'il ne courait aucun risque à laisser son pardessus dans son office. Blanco appuyait sa stratégie, par le geste, en posant une main amicale sur l'épaule de sa proie.

---T'inquiète pas, tu peux tout laisser ici. J'en possède l'unique clé.

De surcroît, Blanco accompagnait ses propos en déposant son arme, à vue, sur son bureau. Ainsi, pendant leur sortie récréative, Boum-Boum, son adjoint, avait tout loisir d'y trouver des éléments utiles à l'enquête, qu'il suffisait, ensuite, à légaliser procéduralement.

C'est grâce à ce tour de magie, que le nom et le numéro de téléphone du receleur principal, un flic algérien, apparurent dans la procédure, à la suite d'un renseignement anonyme provenant d'une personne de bonne foi, désirant garder l'anonymat…

Dans l'après-midi, l'homme des forces de sécurité intérieure d'Alger et son acolyte, du même bled, étaient interpellés, à l'ancienne, par le trio de flics du groupe auto. La juge d'instruction, toujours aussi surprise de l'efficacité de Blanco et de ses deux gradés, plaçait les deux receleurs sous mandat de dépôt.

Elle avisait le capitaine d'une œillade opiniâtre, qui la surprenait elle-même, et reprenait aussitôt ses esprits.

---Parfait, Capitaine. Vous me livrez Draganu dès que bon vous semble. Mais le plus tôt sera le mieux. Nous bénéficions, maintenant, du supplétif pour sa mise en détention, en raison de ce nouvel apport d'infraction à la loi pénale que constitue le recel de vol en bande organisée. C'est du bon boulot, bien joué !

Le lendemain matin, à neuf heures, comme depuis une quinzaine de jours, Draganu rendait sa visite quotidienne, en toute décontraction, à son nouvel « ami » policier. Mais, à l'annonce de Blanco, son sang se glaçait.

---Salut, Draganu ! La juge souhaite te voir, ce matin !

Les traits du visage du ressortissant roumain se creusaient aussi rapidement que sa poignée de main mollissait. Il se reprenait et avisait Blanco.

---J'le sens pas bien, Blanco ! Tu m'la joues à l'envers, là ?

La carcasse impressionnante du capo roumain et, surtout, son faciès à faire pâlir les morts, en imposaient dans le milieu. Mais Blanco ne bougeait pas d'un cil, il avait anticipé cette réaction légitime de son nouveau protégé. Il lui répondait sur un ton rassurant.

---Non, t'inquiète pas. On a commencé un boulot, on va le poursuivre. J'vais toujours au bout des choses !

Sur la route du palais de justice, Draganu se fermait comme une huître. Blanco l'observait et tentait de maintenir le climat de confiance, en usant d'une attitude faussement décontractée. A ce moment précis, il craignait que son passager prenne la fuite. Il lui suffisait d'actionner la poignée de la portière avant droite, pour prendre la poudre d'escampette. La tension devenait palpable, les instincts réciproques semblaient s'affronter dans l'habitacle surchauffé. Mais Blanco avait son fort pour cacher ses émotions et trouver les mots de circonstance.

---Je t'attendrai au bar du Palais.

L'aplomb avec lequel il prononçait ces mots, suffisait à rassurer Draganu qui relâchait la perceptible pression sur la poignée intérieure de la portière. Quelques minutes plus tard, dans le bureau de la juge, dont le cabinet d'instruction était rapidement investi par deux colosses en uniforme, Draganu comprenait que le piège s'était refermé sur lui. Blanco le lui avait véritablement joué à l'envers. Il regrettait, à s'en mordre les doigts, cette inhabituelle naïveté et de ne pas avoir suivi son instinct. Pour sa défense, il avait trouvé, en ce fin stratège, un homme à qui parler.

Ainsi, le mobile du kidnapping de sa fille parut tenir la route. Cet épisode de trahison sembla suffire au commandant, à motiver cet acte odieux de l'enlèvement et de la séquestration de Mattéa, dans cette macabre prison de Pitesti. Un échange avec Draganu, toujours incarcéré, devait vraisemblablement être envisagé par le grand parrain roumain. Il reviendrait alors, à Blanco, de faire état d'un classique cas de nullité dans la procédure de l'époque, pour permettre une sortie prématurée du détenu.

Ce flic atypique, qui avait pour habitude de la jouer en solo, comprit que, seule une association féminine roumaine, lui permettrait de circuler le plus discrètement possible en Roumanie. Il se leva prestement de son banc de la Prom', pour filer tout droit vers le Vieux-Port, à la rencontre d'Elena. Malgré son jeune âge, elle était l'une des plus anciennes prostituées roumaines du quartier, et paraissait être la seule à pouvoir lui venir en aide. Néanmoins, connaissant sa réputation, nul doute qu'un échange de bons procédés serait à envisager.

Vers dix heures, Blanco tambourina, avec impatience, à la porte de l'appartement de cette plantureuse péripatéticienne, implantée dans le secteur depuis cinq trop longues années.

Par le passé, elle lui avait communiqué de précieux renseignements, sans contrepartie. Elle manifestait beaucoup de respect envers ce flic hors pair, qui n'avait jamais abusé de son statut pour obtenir ses faveurs, contrairement à d'autres... Cette visite impromptue la surprit, pour le moins, car il ne s'était jamais aventuré chez elle.

---Blanco ? Que fais-tu ici ?

Des signes interrogatifs se dessinèrent sur le visage d'Elena, qui balaya le couloir d'un bref regard de sécurité, avant de le laisser entrer. L'expression soucieuse affichée sur le faciès de son visiteur l'interpella. Elle n'eut pas le temps de remettre en ordre ses cheveux hirsutes que Blanco brisa immédiatement la glace, en reprenant rapidement son assurance habituelle.

---J'ai un grand service à te demander, Elena ! Tu dois venir avec moi, au plus vite, à Bucarest. Tu n'auras qu'à faire ce que je te dirai, sans me poser de question !

Sa surprise s'amplifia davantage. Pour quelle raison un flic de ce calibre pouvait-il avoir besoin d'elle ? Mais, sa furtive hésitation laissa place, aussi rapidement, au sentiment que cette inespérée opportunité ne se représenterait pas une seconde fois. Sans se départir de son autorité naturelle, Elena posa immédiatement ses conditions.

Elle accepta cette étonnante mission, en échange de l'éviction de ce salaud de Vasile qui gérait brutalement les prostituées roumaines du quartier du Vieux-Port. Blanco se doutait du contenu du marché qu'allait lui proposer, ou, plus exactement, lui imposer, Elena. Il le valida, d'autant plus qu'il détestait au plus haut point ce rebutant salopard. De toute façon, Elena ne lui laissa pas le choix. Elle tint les rênes sur ce coup-là.

---Je viendrai te chercher à la nuit tombée. On part pour deux ou trois jours, grand maximum !

Elena acquiesça d'un petit mouvement de tête, accompagné d'un léger battement de paupières. Blanco disparut de l'immeuble aussi discrètement qu'il y était entré. La fille de joie fut envahie d'une sensation contradictoire, qui oscillait entre le risque encouru par cette mission secrète et l'espoir indescriptible de se libérer définitivement de l'emprise de ce salaud de Vasile. Son instinct surdimensionné, qui lui avait déjà sauvé la vie à plusieurs reprises, la conforta dans son choix de suivre Blanco.

De toute façon, ce commandant l'intriguait, et, elle devait se l'avouer, ne la laissait pas indifférente. Elle appréciait voir ce flic à l'allure sportive, typé hispanique, aux cheveux noirs frisés, déambuler, parfois, sur le Vieux-Port, toujours bien accompagné, ses boots noirs élevant davantage son mètre quatre-vingt-quatre, toujours porteur de son long manteau noir feutré, de ses jeans Lewis et de ses chemises blanches. Le commandant n'était pas trop adepte du port du costard- cravate, excepté pour les grands évènements.

Pour assurer une totale discrétion et, surtout, l'évitement d'un potentiel relevé d'identité, seul le trajet par la voie routière semblait le plus approprié. Deux mille kilomètres distançaient Nice, surnommée « Nissa la Bella », de cette ville austère de Pitesti, en apparence tranquille, mais dont les ramifications avec la Camorra napolitaine n'était plus à démontrer.

Le déclenchement du compte à rebours lui imposait de gagner du temps. Il devait se procurer un bolide pour réduire au maximum le délai de route. Il téléphona à son contact allemand qu'il surnommait « l'agent fédéral » , avec l'aide duquel il avait démantelé un réseau libanais de haut rang, en deux mille six.

Pour l'anecdote, cette organisation était spécialisée dans le détournement de voitures de luxe, en provenance de sociétés de location basées en Allemagne, à destination, notamment, d'un Oyabun de la célèbre mafia japonaise des Yakuzas, via différents ports du sud de l'Europe.

Certains de ces bolides étaient également destinés au profit de quelques fils capricieux, de hautes personnalités de pays du Moyen-Orient, impatients de recevoir rapidement leurs jouets. Non pas pour contourner un souci d'ordre financier, mais plutôt pour raccourcir sensiblement les longs délais de livraison des grandes firmes italiennes comme Ferrari, Lamborghini, voire Maserati.

A cette occasion, la société Sixt, victime de cette tentative d'escroquerie déjouée par ce fin limier, avait échappé à trois millions d'euros de préjudice. Affaire qui retentissait médiatiquement auprès des journaux télévisés de TF1 et M6.

Ainsi, par le biais de sa relation saxonne, qui enquêtait pour le compte des compagnies d'assurances et autres sociétés de location de voitures, en Europe, Blanco pouvait jouir de bolides, prêtés à titre gracieux, pour mener décemment certaines enquêtes « haut de gamme ».

Aussi rapidement qu'il l'espérait, une flambante Porsche Carrera noire, aux sièges baquets en cuir beige, fut mise à sa disposition. Il se l'appropria, en milieu d'après-midi, à l'agence Sixt basée à l'aéroport Nice-Côte d'Azur.

A vingt-et-une heures, Blanco et sa nouvelle co-pilote foncèrent plein pot en direction de la Roumanie. Le regard fixé en permanence sur l'horizon qui semblait se rapprocher à vue d'œil, tant la vitesse était excessive, Blanco, toujours peu bavard en pareille situation, ne pipait mot. Elena l'observait avec discrétion, aux aguets du moindre signe, en totale ignorance de cette mission spéciale.

Elle semblait tout de même en confiance, eu égard à la réputation de ce flic. Ce qui ne l'empêchât pas de s'agripper fermement à la ceinture de sécurité qui oppressait son opulente poitrine naturelle. Elle fut soudainement envahie d'un sentiment agréable vis-à-vis de son pilote, s'imaginant être sa compagne, et partir en vacances, comme un couple normal. Puis, Elena s'endormit profondément, bien calée dans son confortable siège baquet.

Au deuxième arrêt carburant, Blanco figea, quelques instants, son regard sur le rétroviseur extérieur reflétant le magnifique visage de son associée de circonstance. Il s'y abandonna, brièvement, en observant intensément le bout de la mèche blonde flirtant sensuellement avec le coin des lèvres pulpeuses de sa jolie passagère.

Malgré la dureté de son métier, elle avait gardé un visage d'ange. Cette langoureuse image fut immédiatement brouillée par la vision de sa fille et de ses conditions de détention vraisemblablement difficiles. Blanco se replongea immédiatement dans l'affaire. Il fallait, coûte que coûte, qu'il la retrouve. Il fut sujet à une nouvelle poussée d'anxiété, sentiment tellement inhabituel chez lui.

J moins 20.

A mi-chemin, à Somogy en Hongrie, Blanco se dégourdit les jambes quelques secondes avant de pratiquer une de ses séances de sophrologie dont il avait le secret. Ainsi, il pouvait gagner le bénéfice d'une semaine sans dormir, à raison d'une pause de vingt minutes toutes les huit heures. Il appelait ça, les trois-huit. Grâce à cette méthode de respiration et de relâchement, il parvenait à se relaxer tout en pratiquant une autre activité.

D'un geste d'une précision d'horloger, il replaça la mèche délicieusement égarée, derrière l'oreille d'Elena. Elle feignit de dormir pour mieux apprécier cette attention affectueuse qui la fît frissonner de tout son long. Elle craignit que l'accélération des battements de son cœur trahisse son émoi. Après ce court instant d'égarement, Blanco redémarra de plus belle, pour arriver à Bucarest peu avant midi, limitant, au maximum, la durée du voyage à treize heures.

Il ne lui restait déjà plus que vingt jours pour sauver sa fille. Mais une pause hôtelière s'imposa pour se rafraîchir et mettre en place la difficile stratégie d'approche. Ils descendirent au réputé hôtel Athénée Hilton à Bucarest, plus en adéquation pour fondre la Porsche dans le décor.

Elena investit la luxueuse salle de bains, tandis que Blanco, se tenant la tête dans les mains, réfléchissait, au bord du lit, à la manière d'entrer en contact avec Alexandru. Le grand parrain de Pitesti dirigeait, notamment, les réseaux de prostitution et de trafic auto, dans tout le sud de l'Europe.

Alors que le commandant, plongé dans ses pensées, lui tournait le dos, Elena, fraichement sortie de la douche, fit apparaître son mètre soixante-dix dans son plus simple appareil. Lentement, elle s'approcha derrière lui, en se mouvant sensuellement sur le lit, telle une féline, exposant avantageusement son excitante chute de reins. Cette position de soumission lui accentua davantage la cambrure qui épousa l'angle idéal tant convoité par la gent masculine. Il sentit, soudain, non seulement les effluves envoûtants de son doux parfum sucré, mais surtout, la volumineuse poitrine ferme, prolongée par les tétons surexcités de son assistante, lui effleurer le dos. Surpris, il se leva et repoussa, d'un réflexe, l'approche sensuelle d'Elena.

Pas née de la dernière pluie, elle avait anticipé cette légitime réaction, au vu de l'attitude pour le moins anxieuse de son partenaire. Elle lui sourit avec persuasion et l'avisa, d'une voie charnelle.

---Si tu veux que je poursuive la mission, il va falloir que tu cèdes à mon unique demande.

A Nice, les gens de la nuit connaissaient le penchant de Blanco pour la gent féminine. Mais d'aucuns savaient qu'il ne mélangeait jamais travail et plaisir. Pourtant, à cet instant, au-delà de la situation dramatique qu'il subissait, il devint la proie d'Elena qui l'emmena délicatement dans l'immense et luxueuse douche à l'italienne. D'un souffle léger, tel le chant envoûtant des sirènes dans l'Odyssée, elle lui susurra à l'oreille que ce serait son seul et non-négociable caprice.

Désorienté par les caresses précises et expérimentées d'Elena, Blanco s'abandonna, sous le doux ruissellement d'une eau vaporeuse, à une étreinte aussi torride que fougueuse. Il parvint, finalement, à reprendre le contrôle, plaquant les mains et la poitrine de sa partenaire sur la paroi embuée de la douche.

Puis, ce fulgurant intermède érotique le laissa interrogateur. Elena, qui avait assouvi son désir, bien au-delà de ses espérances, le rassura.

---T'inquiète, ce qui se passe à Bucarest, restera à tout jamais à Bucarest. Fais-moi confiance !

Blanco reprit du poil de la bête et ils partirent tous deux en direction de l'aéroport, à l'agence Sixt, afin de changer leur bolide contre un 4x4 Dacia, plus discret pour se rendre à Pitesti. Elena l'avait informé de la toile d'araignée tissée par les services de police sur cet axe routier, pour protéger les intérêts du parrain Alexandru. Elle prit le volant pour plus de discrétion en cas de contrôle. De longs silences trahissaient le trouble perceptible dû à l'inoubliable épisode torride de la pause méridienne.

Vers dix-sept heures, ils circulèrent une première fois devant la demeure à la mesure de la puissance du « *nas* », autrement dit, du parrain, en langue roumaine. Allongé sur la banquette arrière, Blanco eut le temps de constater, à l'aide du petit miroir à maquillage d'Elena, la présence d'un système de vidéoprotection haut de gamme, en parfaite adéquation avec cette somptueuse bâtisse.

Il remarqua également la présence de deux véhicules de surveillance, armés respectivement de deux binômes. L'endroit était impossible à planquer et il aurait été inconsidéré de tenter d'y pénétrer. Ne restait plus qu'à attendre que le 4x4 Mercedes sorte de cette enceinte pour le suivre discrètement. Blanco savait qu'Alexandru n'aurait pas pris le risque d'y séquestrer sa fille, quand bien même il bénéficiait du protectorat des autorités locales. La filature les mènerait sans doute au nid de la prison de Pitesti. Ils dissimulèrent leur Dacia dans une rue adjacente, leur permettant tout de même de bénéficier d'un visuel suffisant sur le bolide allemand.

Après quatre heures d'attente et plusieurs passages d'une même patrouille de police, le véhicule 4x4 blindé sortait de la propriété et déboulait en direction de la banlieue nord de Pitesti. Elena suivit discrètement le cortège des trois voitures, selon les instructions de Blanco, en employant les techniques de « marquage policier », « véhicule écran » et *tutti quanti*. Elle s'en sortit avec beaucoup d'à-propos, aussi habilement que la plupart des hommes du commandant.

Il est vrai que la malheureuse, qui flirtait à peine avec la barre des trente ans, en avait vu d'autres. En effet, issue d'une famille pauvre de la banlieue Est de Bucarest, les sollicitations appuyées du « milieu » avaient contraint ses parents à ce que leur fille subvienne à leurs besoins. Sous couvert d'un soi-disant emploi de service dans le secteur hôtelier niçois, qui ne trompât que la naïveté de la jeune et jolie victime, aveuglée par les étincelantes étoiles promises. Elle alla grossir les rangs des belles filles de l'Est, animant certains quartiers niçois.

L'escouade fit une première escale dans un quartier ouvrier de la ville. A en croire la violence dont firent étalage les hommes de main du parrain, le tenancier du bar avait sans doute rechigné à redistribuer une partie de la « gabelle de sel ». Ainsi, les relevés de compteur allaient bon train dans divers établissements de Pitesti et de sa proche banlieue, avant le retour à la case départ, vers minuit.

Difficile d'atteindre cet homme, d'autant que les patrouilles de police lui assuraient un second bouclier de protection. Le temps s'égrainait, irrémédiablement, mais ce round d'observation demeurait incontournable pour ne pas commettre d'erreur irréversible. Blanco ordonna à Elena de se rendre à la funeste prison, située à vingt minutes de là. Il n'en pouvait plus d'attendre stérilement, ici.

Chemin faisant, Blanco n'eut de cesse de penser à sa fille. Il tenta, en vain, de chasser les scènes, plus horribles les unes que les autres, qui lui taraudaient sans cesse le cerveau. Avec un peu de chance, il allait enfin pouvoir l'approcher. A cette idée, son cœur battit la chamade et ses yeux prirent l'humidité.

Malheureusement, une vingtaine de kilomètres plus loin, la désillusion fut à son comble. Les abords de cette prison étaient totalement désertés. Ce lugubre bâtiment désaffecté apparaissait isolé et abandonné au milieu d'un immense champ totalement inerte. Aucune trace de passage, quel qu'il soit, même pas du moindre animal, ne se dessinait sur l'épais manteau neigeux immaculé. A l'évidence, rien ne pouvait laisser présager que sa fille y était séquestrée. Ce n'était pas le bon endroit. Sur un ton désabusé, il donna pour instructions à Elena de se garer sur l'ancien parking de la prison.

---On va passer la nuit, ici, dans la voiture. Il faut faire preuve de la plus grande discrétion, Alexandru semble contrôler toute la ville. Mets le chauffage à fond et repose-toi.

Elena ne demanda pas son compte et posa immédiatement sa tête dans le creux de l'épaule de Blanco, pour sombrer, aussitôt, dans un sommeil profond. Le flic ébaucha plusieurs stratégies pour le lendemain qui devait se révéler être une journée prépondérante. Puis, il sommeilla comme il le put, sous les effluves du doux parfum d'Elena. Agréable senteur qui l'apaisa si peu, trop encombré par le dramatique sort de sa fille.

Qui, pendant ce temps...

La dose d'anesthésiant administrée à sa fille, Mattéa, perdit suffisamment de son effet, qu'elle bénéficiât d'un léger soupçon de lucidité. Elle ne pouvait voir l'endroit où elle était séquestrée, à cause du port de ce fichu sac, aussi rêche que nauséabond, qui lui recouvrait la tête.

Elle ressentait de vives douleurs aux poignets, aux chevilles et au cou, ainsi que dans tout le reste du corps, en raison des liens trop serrés et de sa position assise si inconfortable.

Mattéa sursauta lorsqu'elle entendit des bruits de clé dans une accrocheuse serrure sèche et un grincement strident provenant de l'ouverture d'une porte métallique aux gonds non huilés.

Elle fut soumise à une terrible poussée d'anxiété, rapidement éteinte par cette soudaine nouvelle montée de chaleur dans tout le corps. Elle perdit conscience, aussitôt...

J moins 19.

La lueur du jour le fit sursauter. Complètement perdu, il reprit aussitôt ses esprits en se frictionnant vivement le visage à l'aide de cette neige verglacée. Il réveilla énergiquement Elena qui émergea brusquement de son sommeil, elle aussi, à mille lieux de là.

---Qu'est-ce qu'on fait là, Blanco ?

Le souffle court, les cheveux en bataille, ses magnifiques yeux bleus grand-ouverts, son cœur battait la chamade. Blanco la rassura brièvement, avant de la briefer sur leur mission du jour. Retrouvant, peu à peu, une respiration contrôlée, Elena refit surface.

---Ok, Blanco. Mais je risque ma vie pour une mission dont je ne connais ni les tenants, ni les aboutissants. Tu pourrais quand même me mettre au parfum, maintenant que j'y suis plongée jusqu'au cou !

Il feignit d'ignorer cette remarque qui creusa un peu plus les traits de son visage déjà sensiblement marqué. Il restait maintenant concentré sur la première stratégie retenue qui consistait à observer les allers et venues d'Alexandru, pour décortiquer son environnement familial, voire extra-conjugal. Ce mafieux s'en était pris à sa fille, fidèle à la loi du talion que Blanco prônait, il devait prendre en otage l'un de ses enfants, de préférence un garçon, pour le proposer en monnaie d'échange. Il avait, sans aucun doute, comme tous les chefs de gang, une maîtresse attitrée. Il fallait, aussi, exploiter cette option.

Après une vingtaine de minutes de route, le duo se repositionna à distance raisonnable de la demeure, en attente des premiers mouvements matinaux.

A sept heures trente, Alexandru quitta sa résidence, à bord de son bolide, transportant deux fillettes assises sur la banquette arrière. L'un des deux véhicules de surveillance lui emboita le pas, tandis que le second restait en faction devant l'immense bâtisse bourgeoise.

Cinq minutes plus tard, les deux petites têtes blondes de six et huit ans, en apparence, descendirent du 4x4 allemand, avant d'être prises en charge par la directrice, en personne, de cette école privée, sans doute redevable des généreuses subventions du « nas ». Le véhicule accompagnateur, monté par un binôme armé, restait stationné à proximité de la structure scolaire, alors qu'Alexandru partait, seul, en direction d'un autre quartier résidentiel situé à deux pâtés de maisons.

Quelques minutes plus tard, il s'arrêta devant un immeuble bourgeois de trois étages et klaxonna, brièvement et rituellement, à deux reprises. Au dernier niveau, une dame, qui observait au coin d'un rideau, réapparut quelques minutes plus tard au bas de l'immeuble non surveillé par les hommes du parrain. Elle monta dans le blindé, accompagnée d'un petit garçon d'à peine deux ans. Ils le déposèrent dans une crèche privée, où l'attendait, devant la porte d'entrée, la responsable de l'établissement, sans doute bénéficiaire, elle aussi, des mêmes avantages de trésorerie que la première structure. Puis, ils firent demi-tour, pour rejoindre l'appartement de cette magnifique jeune femme à la longue chevelure blonde, coiffée d'un ouchanka, le chapeau traditionnel russe, et vêtue d'un long manteau vison. Alexandru n'en ressortit qu'une demi-heure plus tard, pour regagner son domicile.

Inutile d'engager de longs discours, Elena, qui avait pris le parrain en filature, comprit la nouvelle stratégie de Blanco qui venait, non seulement d'identifier la maîtresse, mais surtout, de bonifier la monnaie d'échange, en projetant d'enlever le précieux héritier. Et pour cause, il était notoirement connu que, dans ce milieu mafieux roumain, seul le fils d'un parrain pouvait prétendre à sa succession. Le visage d'Elena, alors si doux, se durcit d'un coup. D'un ton grave, elle avisa le commandant.

---T'es un malade, Blanco ! On va crever ici ! Tu ne sais pas qui est ce sauvage d'Alexandru ! Maintenant, dis-moi ce que tu lui veux !

Blanco en avait déjà assez avec ses préoccupations. Il fronça les sourcils et expira longuement, avant de lui expliquer qu'il était dans leur intérêt commun qu'elle en sache le moins possible. Sur un ton agacé, il s'adressa à elle, plutôt fermement.

---Moins tu en sauras, mieux ça vaudra pour toi. Je dois juste récupérer un colis, en échange de l'un de ses enfants. Fais-moi confiance ! Avec ce garçon, je suis certain de mon coup. Maintenant, arrête de me poser toujours les mêmes questions ! Contente-toi de faire ce que je te demande, tu n'le regretteras pas. Tu sais que je n'ai qu'une parole !

Elena acquiesça en clignant des yeux, tout en détournant son regard vers l'extérieur. De toute façon, elle n'avait plus le choix, impossible de faire machine arrière. Et puis, elle connaissait aussi la réputation de Blanco, ça la rassurait. C'était un homme d'honneur. S'ils s'en sortaient vivants, il tiendrait ses promesses pour qu'elle reprenne, à son compte, la compétence territoriale des trottoirs du quartier du Vieux-Port de Nice. Cela représentait une reconversion inespérée alors que son asservissement semblait définitif.

Elle écouta attentivement la stratégie de Blanco et, sans perdre un seul instant, ils mirent le plan à exécution. Il se surprit à trouver en elle, la coéquipière idéale qu'il aurait tant aimé compter parmi les effectifs de ses services d'investigation.

Avec le sang-froid qui la caractérisait, Elena acheta une composition florale de roses, d'arums et de callas, chez le fleuriste situé à l'angle de la rue. Le bouquet était suffisamment imposant pour qu'il lui masque la majeure partie du visage. Elle se dirigea, avec une détermination aussi froide qu'impressionnante, devant l'entrée de l'immeuble et actionna l'interphone du penthouse au nom de Mirella Botezaniu.

---Oui ?

---Je viens livrer un très joli bouquet de fleurs pour Madame Botezaniu.

---De la part de qui ?

---De Monsieur Alexandru.

Par prudence, Mirella, qui avait aussi connu la dure expérience de la rue, observa quelques instants la jolie roumaine, via le visiophone. Elena ne bougea pas d'un pouce, la pression, elle connaissait. Elle régula parfaitement son rythme respiratoire et trouva immédiatement la phrase de circonstance.

---Je peux revenir plus tard, si vous le souhaitez, Madame ?

Rassurée par cet aplomb, Mirella lui déverrouilla l'accès. Une minute après, à peine entrouvrit-elle la porte de son cossu appartement, qu'elle fut plaquée au sol par Blanco. Il l'empêcha de crier, en lui obstruant la bouche, fermement, de sa main gauche. Effrayée, quasi en état de choc en raison de l'effet de surprise, elle supplia des yeux qu'on ne lui fasse aucun mal et présenta la paume des mains en guise de soumission. Blanco lui braqua son « SIG SAUER » sur la tempe, avec toute la détermination qu'on lui connaissait.

Elena lui expliqua calmement la situation pour la convaincre qu'elle n'aurait rien à craindre de ce flic français, tant qu'elle respecterait ses consignes ; et ce, au risque de perdre son petit garçon, en cas d'une quelconque tentative fâcheuse. Elena lui ordonna d'aviser la directrice de la crèche, qu'une amie viendrait chercher son fils, Nicolae, dans une demi-heure. Mirella s'exécuta, sans coup férir. Cette ancienne prostituée de luxe d'Alexandru avait, elle aussi, beaucoup de charisme. Elle n'était pas devenue sa maîtresse et la mère de son unique garçon par hasard.

Comme convenu, Elena récupéra le petit Nicolae, avant de se rendre dans un hôtel discret du centre-ville de Pitesti, munie du téléphone de Blanco. Pendant ce temps, le commandant prit la direction de la fameuse prison, en compagnie de Mirella et de son téléphone portable. Sur place, il l'enferma dans un cachot, puis reprit son souffle et sa concentration, avant d'appeler Alexandru. Cet appel était capital, il fallait faire preuve du plus grand professionnalisme. Le parrain répondit aussitôt.

---*Da frumoasa mea !* (Oui ma belle !)

---Tu peux parler en français, Alexandru.

Le « *nas* » raidit les mâchoires et s'enflamma.

---Tu es qui, toi, espèce d'enfoiré ! Passe-moi Mirella !

---Du calme, Alexandru, tout va bien se passer. J'ai ta protégée et tu as mon colis. On fait l'échange et on en parle plus.

La colère du parrain monta crescendo. Il n'avait plus l'habitude, depuis plusieurs années, de recevoir des ordres. D'un large mouvement circulaire du bras, il renversa brutalement le contenu du dessus de son bureau et donna un grand coup de pied dans la poubelle métallique, qui s'écrasa sur le parquet après avoir violemment heurté la tapisserie murale. Il reprit la parole, fougueusement, souligné d'un accent très prononcé.

---Mais tu es qui toi, le Français ? Tu ne sais pas qui je suis ! Je maîtrise tout ici, même l'air que tu respires ! Tu ne pourras jamais t'en sortir vivant ! Crois-moi, tu me supplieras de te tuer pour mettre fin à tes atroces souffrances que tu ne peux même pas imaginer !

---Trêve de bavardage, Alexandru. Tu sais qui je suis, Blanco, le flic de Nice. Je t'attends à la prison de Pitesti, pour procéder à l'échange.

Le commandant lui raccrocha au nez, ce qui plongea le parrain dans une colère noire. Draganu lui avait parlé de ce fameux keuf qui lui avait si bien joué à l'envers. A cause de lui, il avait perdu un gros marché juteux qu'il peinait à reconquérir.

Etonnement, la veille, il avait été destinataire d'un courrier adressé à Blanco. Pensant à une erreur de transmission, il n'avait pas cru bon de l'ouvrir. Il récupéra cette enveloppe au fond de sa poubelle, se doutant qu'il s'agissait peut-être de la monnaie d'échange dont venait de lui parler son interlocuteur. Semblant ne rien comprendre à cette histoire, il démarra en trombe, aux commandes de son blindé germanique, pour filer au plus vite vers la fameuse prison.

Blanco avertit Elena que le plan fonctionnait comme élaboré. Alexandru, fort de son ascendant dans la région, avait péché par suffisance, en ne sécurisant pas l'appartement de sa maîtresse attitrée, pourtant mère de son unique fils, Nicolae. Il s'en mordait les doigts. A peine un quart d'heure plus tard, il arriva devant l'entrée de la prison.

Blanco l'attendait de pied ferme, devant l'accès à la cour intérieure, en focalisant uniquement sur la démonstration qu'il maîtrisait parfaitement la situation. Alexandru, lui, n'avait qu'une idée en tête, faire la peau à ce fumier de flic qui lui avait déjà fait perdre la face, et beaucoup d'argent, sur l'affaire de Nice.

Excepté le dessin des oreilles, il correspondait, en tout point, au type de physique de Sergiu, mais avec une quinzaine d'années et du charisme en plus. Il était armé d'un regard aussi glacial que perçant. Sa tenue vestimentaire soulignait parfaitement le haut-rang qu'il tenait dans la région. La cinquantaine, il avait gravi tous les échelons pour atteindre, à sa manière, ce sommet tant convoité.

Bien entendu, il ne s'était pas déplacé seul. Blanco n'en fut pas surpris. Deux de ses hommes sortirent du blindé et braquèrent leurs armes automatiques vers lui, qui resta de marbre, ayant eu tout le temps d'anticiper cette réaction attendue. Il savait qu'il avait un coup d'avance sur cet enfoiré et garda son sang-froid.

Pensant bénéficier d'un irréversible avantage, l'homme des Carpates l'avisa froidement, sur un ton lent et monocorde.

---Tu t'es pris pour qui, Blanco. Je vais te faire regretter d'être né. Tu t'es cru où ?

---Tu as quelque chose pour moi. Tu me rends ma fille et je te rends Mirella, saine et sauve.

Alexandru, après un rictus appuyé, ricana à gorge déployée, pendant quelques secondes, avant de s'arrêter brusquement.

---J'en ai rien à foutre de cette putain de Mirella ! Tu m'as pris pour un enfant de cœur ? Et c'est quoi cette histoire de fille ? Tu as des putes qui travaillent pour toi, connard ? Je croyais que tu étais aussi blanc que cette neige, Blanco !

Le commandant tenta de repousser et de cacher sa soudaine montée d'anxiété. Il craignit comprendre qu'Alexandru semblait ne pas être au courant de l'enlèvement de sa fille. Ou bien, il bluffait parfaitement le coup et ne laissait rien paraître sur son faciès. Il tenta, en vain, de se reprendre.

---Mais t'as rien pour moi, Alexandru ?

Le parrain perçut la soudaine perte d'assurance qui se dessina sur le visage de Blanco. Il saisit cette opportunité pour prendre immédiatement l'ascendant, gardant toujours les mains dans les poches de son long manteau noir.

---Mais qu'est-ce que tu as cru, Blanco ? Draganu m'a rapporté que tu étais une grande pointure dans ton milieu de flics. Je constate juste que tu es un petit dans le mien et que tu t'es jeté naïvement dans la gueule du loup. Tu ne vas pas me dire que tu es venu crever ici, uniquement pour ce petit bout de papier ?

Les yeux de Blanco sortirent de leurs orbites lorsqu'il vit Alexandru brandir une enveloppe qu'il sortit de la poche de son manteau. Il la lui jeta au sol, en riant grassement, devant le visage médusé du flic, qui prit la douche glacée.

Le commandant, les mains tremblantes, plus en raison du stress que de la température glaciale, l'ouvrit maladroitement. Des sorties saccadées de nuages de buée provenant de sa respiration accélérée, trahirent son impatience à lire ce message, apparemment écrit de la même main que la première missive.

TU ES ENCORE A PITESTI ?

HATE TOI !

IL NE TE RESTE QUE PEU DE TEMPS POUR RETROUVER TA FILLE !

MAIS JE T'AI CONNU PLUS PERFORMANT !

AMIS TUNISIENS !

Blanco resta K.O. debout. Malgré le vent froid et sec qui lui fouettait le visage, la température de son corps était en ébullition. Qui pouvait jouer ainsi, avec lui ?

C'est vrai qu'il avait eu du culot en octobre deux mille sept, en s'attaquant, seul, au pouvoir en place. Mais, de là, à ce que le président tunisien et sa belle-famille s'en prennent à sa fille ? Blanco sembla absent quelques secondes, mais l'avancée déterminée en épi, du trio roumain, le ressaisit immédiatement.

Il reprit définitivement les commandes en inversant subitement le rapport de force, fort de son coup d'avance. Il se redressa, droit dans ses bottes, sûr de son fait.

---Du calme, Alexandru ! Et toi, apparemment, tu t'es surestimé ? Tu crois que je suis assez con pour t'attendrir avec ta pute de luxe que tu ne prends même pas la peine de protéger ? En revanche, ton seul petit héritier, Nicolae, tu y as pensé ?

Le sang du mafieux se glaça d'un bloc. Son visage ne put masquer sa flagrante déstabilisation, ses jambes vacillèrent. Blanco continua de plus belle et, d'un ton autoritaire, lui préconisa de s'enquérir de la situation géographique du petit Nicolae, auprès de la directrice de la crèche. Alexandru resta bouche bée, à l'écoute du récit de celle-ci, et promit à Blanco de lui laisser la vie sauve, en échange de son fils.

L'accord était conclu entre ces deux hommes respectueux des codes d'honneur, même si le roumain ne comprit pas l'importance du courrier qu'il venait de remettre à ce flic téméraire.

Après un intense dernier regard, à la fois, teinté de respect et de défiance, Blanco ne perdit pas une seconde et fila à toute vitesse en direction de l'hôtel, où la belle Elena l'attendait. Il disparut avec elle, après avoir remis le jeune garçon au gérant de l'établissement qui prit attache téléphonique avec Alexandru. Rassuré que Blanco ait tenu sa promesse et, pour ne pas ébruiter cette affaire qui nuirait à son image de marque, il laissa le champ libre à Blanco. Ce que cet astucieux flic avait aussi anticipé.

Malheureusement pour Mirella, ce salopard d'Alexandru n'avait d'autres solutions que de la supprimer pour ne pas écorner sa réputation. Personne ne devait savoir qu'il s'était fait doubler, sur son terrain, par ce même flic français, qui lui avait déjà sali son blason, quatre ans plus tôt. Il se débarrassa, aussi, *illico presto*, par souci de confidentialité, de ses deux hommes de main. Désormais, trois fantômes supplémentaires allaient, ainsi, errer dans les entrailles de cette sépulcrale prison.

Ensuite, son garçon sera élevé avec ses deux filles, sans que sa légitime ne lui opposât une quelconque contestation.

Juste le temps de récupérer sa Porsche Carrera auprès de l'agence Sixt à l'aéroport, que Blanco roulait déjà bon train, en direction de Nice. Il ne prononça aucun mot à l'endroit de sa passagère. Pourtant, ses regards furtifs en dirent long sur le respect qu'il ressentait envers la ravissante Elena, qui avait été plus qu'à la hauteur de ses espérances. Elle devina ses pensées et posa délicatement sa main gauche, à l'intérieur de la cuisse droite de son pilote, qui adopta ce contact, auquel il sembla ne pas être insensible.

Mais l'actualité le rattrapa immédiatement, et il reprit rapidement le cours des choses. Tout virevoltait en lui, un véritable cyclone ravageait les moindres recoins de son cerveau prêt à déflagrer. Depuis le début, il savait ne pas avoir la main sur cette affaire. Mais que faire d'autre que de suivre ce macabre jeu de piste ?

Pas le choix de toute façon, il devait explorer ce nouveau cheminement tunisien. Il imaginait sa pauvre fille qui devait tant espérer qu'il vienne la secourir. Il ne pouvait que souhaiter qu'elle ne perde pas espoir et que le ou les kidnappeurs la préservent.

Elena devina que Blanco se lançait déjà sur une autre voie et qu'il n'avait obtenu qu'une partie de ce qu'il était venu chercher en Roumanie. Leur escapade restera leur secret à tout jamais. Elle ferma les yeux pour mieux revivre la scène torride dans la luxueuse douche à l'italienne de l'hôtel Athénée. Elle n'avait pas ressenti une telle jouissance depuis toutes ses sombres années de trottoir.

Treize heures plus tard, Blanco débarqua Elena à proximité de son appartement, puis redémarra en trombe, sans même échanger un seul regard avec elle. Le jour se levait déjà, en même temps que resurgit la dure réalité de la vie d'Elena. Il ne lui restait plus qu'à faire le deuil de ce séjour à sensation, et attendre que le commandant revienne rapidement tenir ses promesses pour soulager, si peu, son calvaire.

Lui, s'engageait déjà sur la piste tunisienne.

Chapitre 3

J moins 18.

Malgré l'inarrêtable compte-à-rebours, Blanco devait séjourner deux jours à Nice pour entreprendre, *a minima*, quelques recherches et préparer son départ, en toute discrétion, pour la Tunisie. Il commença par faire un point de situation avec le plus grand de ses fils, Adam. A qui il donna rendez-vous chez l'un de ses amis, Julien, propriétaire de la réputée chocolaterie-pâtisserie LAC, dans le Vieux-Nice. Quelques minutes plus tard, fidèle à l'habituelle réactivité qui le caractérisait, le fiston arriva sur les lieux du rendez-vous, alors que son « padré » s'administrait une dose récupératrice de sophrologie. Ils se serrèrent dans les bras l'un de l'autre. Nerveux, le visage marqué d'inquiétude, Adam l'interpella sans détour.

---Alors, padré ?

Il attendit avec impatience la réponse de son père, même si, à sa mine, il en devina déjà le contenu. Blanco entreprit tout de même de le rassurer. Adam lui confirma que personne ne s'était rendu compte de la disparition de Mattéa et qu'Edson rentrait de Paris, le lendemain matin. Blanco l'informa qu'il le récupèrerait à l'aéroport de Nice pour, qu'en son absence, il assure leur protection. Il employa un ton rassurant pour tenter de soulager quelque peu la légitime anxiété de son fils.

---Fiston, j'ai avancé un peu sur cette affaire. Pour autant, moins je t'en dirai, mieux ça vaudra, tu comprends ? Fais-moi confiance, même si c'est plutôt compliqué, je vais y arriver, comme d'habitude. L'énigme figure très certainement dans mes affaires judiciaires passées, mais j'ignore encore laquelle. Pour l'instant, je suis contraint de suivre les indications qui me sont transmises.

Adam acquiesça et enserra fortement son père dans ses bras, en l'implorant de sauver sa sœur. Blanco lui tapa énergiquement dans le dos, en crispant fermement les mâchoires, à s'en faire grincer les dents.

---T'inquiète pas, fiston, tu la reverras bientôt. Je te laisse ! Je dois faire vite ! Demain, je déposerai Edson chez lui, vous viendrez tous les deux vous réfugier dans son appartement du centre-ville. Ce sera plus sûr que dans l'arrière-pays niçois. Je sais que tu es solide, mon fils. Embrasse Hugo pour moi et dis-lui que je lui ramènerai bientôt Mattéa.

Blanco se réadministra quelques forces en engloutissant, à une vitesse éclair, de succulentes viennoiseries et pâtisseries, ainsi que deux cafés noirs bien serrés. Puis, il prit la direction de la caserne Auvare pour y entreprendre quelques recherches ad-hoc. A cette heure, il n'y avait encore personne dans son bâtiment. Rien n'avait bougé dans son bureau depuis son départ précipité pour Pitesti. Il espéra y trouver un nouvel indice. Mais, son mince espoir resta vain.

Il plaça sous scellé fermé, la fameuse première enveloppe pour la transmettre en expertise à l'un de ses cadors de l'identité judiciaire. Rien n'échappait à ce travailleur acharné qu'était Jean-Paul. Il fut contraint d'apposer, sur l'étiquette du pli hermétique, le libellé d'une pseudo affaire judiciaire pour ne pas éveiller les soupçons. Dans le même esprit, le prérequis de confidentialité lui interdit d'y glisser le courrier anonyme.

Mais, à cette contraignante condition irrévocable, il put y opposer l'étude graphologique d'une plantureuse italienne, grâce à l'analyse de laquelle il avait élucidé la rebondissante affaire du corbeau de Vence. Il lui donna rendez-vous dans l'après-midi, à la rade de Villefranche-sur-Mer, où ils flânaient parfois ensemble pour pallier la pesante absence de son mari, un homme d'affaire transalpin.

Sa porte de bureau fermée, le commandant entendit ses effectifs investir, peu-à-peu, leurs bureaux. Cet immense couloir, si monotone quelques instants plus tôt, reprit soudainement vie. Blanco y discerna, telle la symphonie n°6 en « la » mineur de Gustav Mahler, en quatre mouvements : le son des frottements de papier des dossiers, le bruit des pas précipités, le claquement des portes et les discussions ouatées stratégiques. A l'exception près que cette mise en scène ne revêtit, ni le désordre, ni le caractère pessimiste de la partition du célèbre musicien du 19ème siècle, né en Tchéquie. Blanco esquissa un timide sourire, car son tempo, *a contrario*, avait positionné l' « accord majeur » en lieu et place de l'« accord mineur », orchestrant, ainsi, une activité ordonnée et positive de ses effectifs.

La difficile réalité le rattrapa aussitôt. Aucune piste ne devait être négligée, d'autant que le ou les inventeurs des messages avaient déjà chiadé une aussi subtile qu'improbable diversion, à l'occasion de la première énigme roumaine. Alors pourquoi ne pas explorer une source interne plutôt que celle tunisienne, peut-être, elle aussi, exutoire ? Ce commandant entêté avait dérangé pas mal de monde ici, depuis six ans, et notamment ces trois dernières années. Il convenait qu'il s'en assure, *a minima*, en arpentant l'ensemble de ses services et le bureau de son taulier, pour tenter de déceler le moindre changement de comportement, voire le plus infime indice. Fort de son flair redoutable, sa clairvoyance l'en avertirait immédiatement.

Dès sa sortie du bureau, les usagers du couloir s'immobilisèrent instantanément. Que faisait-il ici ? S'interrogèrent ses enquêteurs. D'un bref mouvement autoritaire de la tête, appuyé d'un geste de la main, il ordonna la reprise d'activité qui fut immédiate. Il passa de bureau en bureau, serra les mains, une à une, en fixant du regard chacun de ses effectifs. Mais rien ! Idem du côté de son patron qui arbora son rictus chronique. Aucun mot ne fut échangé entre eux, le visage fermé de Blanco suffit à faire taire son taulier. Il dut se rendre à l'évidence que la piste interne de ses services était à exclure.

Il pénétra de nouveau dans son bureau, après avoir crié haut et fort qu'il n'était là pour personne. Il devait se replonger dans l'affaire tunisienne pour en exploiter les moindres détails. Les faits étaient encore récents car ils s'étaient déroulés entre le huit et le quatorze octobre dernier. Au cours des années précédentes, Blanco se heurtait au refus systématique des magistrats, de lui délivrer une Commission Rogatoire Internationale. Pourtant, il avait mis à jour un énorme trafic international de véhicules haut de gamme et utilitaires, à destination de la Tunisie, via le port italien de Gênes. Cette fin de non-recevoir provenait sans doute de l'identification de l'organisateur de ce réseau qui, excusez du peu, n'était autre que l'un des membres de la belle-famille du président tunisien. Chaque juge d'instruction y allait du même commentaire.

---« Point trop n'en faut ! Il faut savoir raison garder ! ». Il ne conviendrait pas de mettre en péril les excellentes relations franco-tunisiennes !

Inutile de décrire l'agacement de Blanco qui avait bossé durement sur cette organisation, pendant plusieurs mois, nuit et jour, avec ses hommes du groupe auto. A sa manière, il réussit tout de même à contourner cette inacceptable opposition, en bénéficiant, comme à l'accoutumée, d'un petit coup de pouce du destin.

A cette époque, l'une de ses amies tunisiennes de haut-rang, lui avait offert un billet d'avion pour un séjour d'une semaine en Tunisie. Au cours de cette mémorable escapade d'octobre deux mille sept, l'obstiné commandant en avait profité pour joindre l'utile à l'agréable, en exploitant un élément favorable. En effet, quelques mois auparavant, lors d'une permanence judiciaire départementale, il avait mis hors de cause un ressortissant tunisien impliqué dans des violences volontaires commises dans un pub nocturne du Vieux-Nice, le « Blue Whales ». Proche du cabaretier, Blanco exploitait aisément les bandes d'enregistrement de la vidéoprotection. En définitive, celles-ci révélaient que ce soi-disant auteur était en réalité la victime des deux saoulards britanniques, hospitalisés en raison de blessures sérieuses causées au cours de cette fougueuse bagarre.

Ce revirement de situation étonnait, pour le moins, le substitut du procureur de permanence, plus habitué à ce que ce flic sollicitât une incarcération, plutôt qu'une demande de remise en liberté. Il n'en demandait pas son reste et la mesure de garde-à-vue, du pseudo-auteur, était immédiatement levée. Agréablement surpris par ce traitement impartial, le trentenaire tunisien le remerciait chaleureusement et l'invitait, à l'occasion, dans son grand hôtel situé à Monastir. Ainsi, lors de cette villégiature automnale, Blanco mettait à profit la proposition de ce fils de millionnaire tunisien, pour élaborer sa stratégie d'approche. Il lui rendait donc visite, en compagnie de sa ravissante coéquipière de circonstance.

Les retrouvailles, avec ce fils d'un riche propriétaire terrien tunisien, étaient chaleureuses. A l'issue du somptueux dîner, à la meilleure table du restaurant, Blanco plantait enfin le décor. Il rectifiait sa position assise et s'avançait ostensiblement vers son hôte, les coudes bien plantés sur la table, après avoir repoussé son assiette d'un geste assuré. Son changement soudain d'attitude troublait légèrement la quiétude de Mahmoud, trahi par un mouvement incontrôlé de la glotte.

---Tu sais, Mahmoud, ça me peine vraiment que les gens de M'Saken dénoncent, à qui veut l'entendre, sur toute la Côte d'Azur, que la belle-famille du « bonhomme » est à la tête du trafic de voitures haut de gamme entre le sud de la France et la Tunisie.

Mahmoud masquait encore plus maladroitement son trouble mais feignait de ne pas comprendre ce que tout le monde savait, ici. Son aisance naturelle, en parfaite harmonie avec son imposante carcasse d'un mètre quatre-vingt-cinq pour quatre-vingt-dix kilos et sa mine de beau-gosse à la barbe proprement taillée, perdait sensiblement de sa contenance. Blanco poursuivait plus précisément.

---J'irai droit au but, Mahmoud ! Bon nombre de véhicules haut de gamme du sud de mon pays sont acheminés en Tunisie, via le port de Gênes, à l'instar des voitures de type utilitaire. Je sais que tu es proche du « bonhomme » et de sa belle-famille, les Trabelsi. Comment pourrait-on les en avertir, pour faire taire cette rumeur, plutôt de nature à nuire à l'entente cordiale entre nos deux Etats ?

Mahmoud avalait sa salive et observait silencieusement Blanco. Tentait-il de lui soutirer, indirectement, des renseignements sur la belle-famille du président Ben Ali ? Ou, démontrait-il un intérêt sincère quant à la pérennité de l'entente franco-tunisienne ? Il l'avait vu à l'œuvre dans son affaire judiciaire à Nice, ses codes d'honneur n'étaient plus à démontrer. Mahmoud l'avisait avec circonspection.

---Je vais y réfléchir ce soir. En attendant, profitez bien de la superbe suite mise à votre disposition. Je m'occupe du reste.

Une nuit torride, dans la plus belle gamme de l'hôtel, s'offrait à Blanco qui sombrât littéralement sous le charme et la sensualité de sa superbe partenaire. Comment lui en vouloir ! Fatima symbolisait le véritable hymne à la beauté méditerranéenne. Ornementée de ses longs cheveux ondulés, ébènes, de ses traits délicatement soulignés, de ses yeux en amande d'un vert émeraude envoûtant, de sa peau flirtant avec la couleur sapotille et de son doux parfum sucré, dont les fragrances titillaient déjà sa libido. Elle jouissait, avec agilité, des attributs de la danse orientale dont l'esthétique particulière faite d'ondulations, d'accents inattendus, de vibrations et d'entrelacs, eurent raison de la vaillance de Blanco.

Au petit jour, un somptueux petit-déjeuner régénérant leur était servi dans la suite, accompagné d'un petit message adressé à Blanco. Mahmoud lui mettait à disposition une flambante Mercedes CLS 500 du président, en personne, en ajoutant ces quelques mots : « Avec ça, toutes les barrières vont se lever, Blanco. C'est de la part de l'un des frères

Trabelsi, il te laisse le champ libre pour que tu puisses faire tes courses à M'Saken ».

Blanco n'en croyait pas ses yeux, cette faveur demeurait à des années lumières de ses espérances. La reine mère, elle-même, lui accordait enfin le pouvoir de donner un grand coup de pied dans sa propre fourmilière.

La journée était prolifique avec la découverte d'au moins trois cents véhicules utilitaires détournés, en provenance des départements du sud de la France. Aucun doute là-dessus, les plaques minéralogiques françaises, encore en partie apparentes, sous celles tunisiennes, en témoignaient. On pouvait y lire, ici et là, garage d'Antibes, garage de Cagnes-sur-Mer, garage de Fréjus, etc…

Blanco semait la panique dans cette ville réputée en matière d'escroquerie en tout genre. Certains de ses anciens « clients » semblaient terrorisés de le voir dans l'une des voitures présidentielles. Il venait de prendre un ascendant irréversible à l'endroit de ces sujets tunisiens.

Le lendemain, dès potron-minet, Blanco glissait discrètement cette fameuse liste dans les mains de son nouveau contact, Mahmoud. Puis, le couple de vacanciers reprenait la route, le plus rapidement et en tapinois possible, à destination de Tunis. Ils quittaient le territoire national tunisien avant que les consciences se ranimassent.

Plusieurs jours plus tard, comme il l'imaginait, le commissaire « maladroit » lui rendait une visite opportune dans son bureau, l'informant des interrogations du ministre de l'Intérieur, quant aux réelles raisons de son périple tunisien. Blanco simulait de ne pas comprendre la question, en opposant ironiquement son étonnement quant à l'intérêt soudain qu'affichât son administration, aux vacances de ses fonctionnaires de police.

Le commandant apprenait plus tard, d'une source tunisienne de bonne foi, que les trois cents véhicules avaient, certes, été saisis, mais revendus aux enchères, au profit du pouvoir tunisien. Un coup d'épée dans l'eau pouvait-on penser ? Pas tant que cela, à en croire le sensible fléchissement de la courbe des véhicules volés dans le département des Alpes-Maritimes. Rien que dans la ville de Nice, les vols de voitures chutaient de trois mille à huit cents par an. Blanco avait fait le boulot et, bien au-delà de ses aspirations, considérablement dérangé certains us et coutumes de la famille Trabelsi.

Alors, cette terrible humiliation subie par le pouvoir tunisien, suffisait-elle à justifier l'enlèvement de sa fille ? D'autant qu'il n'avait pas pour habitude de subir ce type d'intrusion dans sa forteresse. De toute façon, Blanco n'avait aucune autre piste à exploiter. Il devait s'y rendre dans les plus brefs délais. Restait à choisir le moyen le plus discret pour arriver à destination, sans risquer un quelconque relevé d'identité. Toute publicité sur l'enlèvement de sa fille était rédhibitoire.

Une nouvelle montée d'angoisse l'envahit soudainement. Mais Blanco devait apprivoiser cette désagréable sensation car le temps s'émiettait trop rapidement. Pour autant, il ne devait pas tomber dans le piège de la précipitation et, malgré le lourd impact affectif, respecter les incontournables fondamentaux.

En milieu d'après-midi, il se rendit sur la rade de Villefranche-sur-Mer, à ce qui était encore, il y a quelques semaines, un rendez-vous galant. Sabina, une magnifique italienne d'une trentaine d'années, aux longs cheveux noirs ondulés, l'y attendait, attablée en terrasse couverte de leur restaurant fétiche « Le Mayssa Beach ». A la vue de son amant intermittent, son joli petit minois ne put dissimuler une perceptible émotion ascendante. Un courant inverse s'opéra aussi rapidement, lorsqu'elle s'aperçut de la gravité d'expression du visage de son visiteur. Sans préliminaires, il ouvrit le bal.

---J'ai besoin de toi, Sabina, et de ton expertise graphologique. Je sais que ce n'est pas une science exacte mais tu m'as quand même permis d'identifier le corbeau de Vence, l'année dernière. Il s'agit d'un service personnel et je ne suis pas en mesure de te montrer la totalité de l'écrit en raison de sa confidentialité. En voici un extrait que j'ai photocopié.

« JE T'AI CONNU PLUS PERFORMANT ! »

A la lecture de cette phrase, la jolie italienne tenta bien une approche humoristique pour tenter de détendre l'atmosphère.

---Je ne te connaissais pas sous cet angle, Blanco !

Mais, à l'évidence, le commandant n'était disposé à l'humour.

---S'il te plaît, c'est vraiment sérieux, là !

Sabina profita tout de même de cet instant où, pour la première fois, elle perçut de la vulnérabilité chez ce flic endurci. A ce stade, elle canalisa plus sur l'analyse comportementale du commandant, que sur l'écrit qu'il venait de lui remettre. Elle tenta de gagner un peu de temps, prétextant la complexité d'étude pour définir les caractéristiques psychologiques de son auteur. Pour une fois, elle espéra jouir de la maîtrise de l'espace-temps sur son amant. Mais Blanco ne fut pas dupe et exigea, avec fermeté, une réponse immédiate. Devant ce regain d'autorité, Sabina n'insista pas et commença, dès lors, son analyse à voix haute.

---L'auteur est un homme doté d'un esprit méthodique et sans culture profonde car ses lettres majuscules ne sont pas harmonieuses. Le tracé est plutôt mouvementé, ce qui peut laisser penser qu'il est très imaginatif. Les lettres apparaissent tendues vers la gauche, ce qui révèle une fidélité à une parole donnée, un culte prononcé du souvenir. Il s'agit sans doute d'un sujet brutal, impétueux et tenace. Le M de *PERFORMANT* est assez caractéristique d'une dureté et d'une fermeté de son caractère car le trait unissant les jambages entre eux est anguleux. J'en déduis que se dresse devant toi un adversaire masculin très coriace, Blanco.

Blanco déclina une invitation à un doux moment d'évasion, qu'il reportât à une date ultérieure. Il disparut avec le faciès aussi tendu que lors de son arrivée. Il devait absolument rencontrer son amie tunisienne, Fatima, qui possédait un superbe appartement sur la promenade des Anglais. Il se présenta à sa porte, une heure plus tard. Cette visite impromptue la ravit.

---Oh ! Blanco ! Mais où étais-tu passé ?

Blanco esquiva rapidement son étreinte. Fatima devina sur son visage, une inquiétude qu'elle ne lui connaissait pas. A sa demande, elle lui remit, sans poser de question, le numéro de téléphone de son contact policier, officiant au sein de la terrible caserne Bouchoucha à Tunis. Devant son insistance, Blanco accepta de passer la soirée et la nuit chez elle. Il savait, aussi, que c'était l'endroit idéalement propice pour mettre en place sa stratégie en toute discrétion et en relative tranquillité. La jolie orientale accéda, également, à la sollicitation de son visiteur, de lui prêter son 4x4 Touareg VW pour quelques jours.

Sans en connaître les raisons, elle conclut que Blanco devait se rendre urgemment en Tunisie dès le lendemain matin. Avant qu'il ne l'invitât à l'y accompagner, elle l'informa qu'elle était blacklistée, là-bas, depuis le ramdam qu'il avait orchestré à l'endroit du président et de sa belle-famille. Elle lui rédigea une autorisation, non nominative, pour un aller-retour Gènes-Tunis avec son Touareg et lui en remit les clés.

La nuit platonique la laissa sur sa faim. Blanco fut complètement absent et ne supporta même pas son contact, pourtant si apprécié habituellement. Très inquiète, Fatima s'interrogea. Que pouvait-il se passer de si grave pour qu'il soit tant préoccupé, au point de ne pas la toucher ? Impuissante, elle respecta la distance. Ce n'était que partie remise.

J moins 17.

A l'aube, Blanco attendait déjà Edson à l'aéroport de Nice, en provenance d'Orly. Il avait besoin de lui pour sécuriser ses deux garçons. Son beau-fils de vingt-deux ans, était son plus grand fan. Il avait rencontré sa fille lors d'un pot organisé à la caserne Auvare. Elle était tombée sous le charme de ce beau jeune homme qui représentait le gendre idéal, bien élevé, prévenant, exerçant une profession sécurisante.

Même si parfois, en raison de sa récente affectation à Nice, en sortie d'école de police, il collait un peu trop aux basques de son beau-père, *a contrario*, plutôt du genre peu expansif. Blanco pensa, un temps, l'utiliser dans le cadre de la recherche de sa fille, mais il se ravisa, compte tenu de son manque d'expérience, conjugué à une charge émotionnelle trop importante.

Faisant les quatre cents pas dans le hall des arrivées, il aperçut finalement son imposante silhouette d'un mètre quatre-vingt-treize pour quatre-vingt-dix kilos de muscle, un sacré bébé antillais cet Edson. Outre un pas visiblement emprunté, Blanco put lire toute l'inquiétude sur son visage, confirmée par un ton préoccupé.

---Il y a un gros problème avec votre fille, Monsieur Blanco ? Elle n'a répondu à aucun de mes appels !

D'un brusque mouvement directionnel de tête, Blanco lui indiqua de le suivre. Edson continua d'insister fébrilement.

---Elle m'a quitté, c'est ça ?

---Du calme petit, je vais t'expliquer. C'est malheureusement beaucoup plus grave que ça.

Cette déclaration augmenta la perte de lucidité de son gendre, au bord des larmes. Chemin faisant, jusqu'à son appartement, il lui expliqua les dramatiques raisons de l'absence de réponse de sa fille. Edson perdit son calme et se tint longuement le visage dans les mains, en pleurs. Puis, se ressaisissant, sur une recommandation appuyée du commandant, il écouta attentivement ses consignes et l'assura qu'il prendrait soin de ses deux fils. Blanco lui posa quelques questions basiques.

---Tu l'as vue quand pour la dernière fois ? Dans quelles dispositions se trouvait-elle ? T'a-t 'elle fait part d'une quelconque préoccupation, même anodine ?

---Non, rien d'anormal, Monsieur ! Elle m'a conduit à l'aéroport le 1er, vers 19 heures, pour que je prenne mon vol à destination de Paris. On s'est embrassés au dépose-minute, puis elle est repartie, aussitôt, au volant de la Mini Cooper, car elle sait que je déteste les au revoir. Je n'ai rien remarqué de particulier, si ce n'est qu'elle manifestait juste un légitime sentiment de tristesse que nous soyons séparés, pour la première fois, pendant une semaine. Ensuite, j'ai pensé qu'elle était rentrée directement chez nous, à l'appartement.

Sous l'emprise de l'émotion, Edson éprouva le besoin de recouvrer son second souffle. Mais, l'impatience de son interlocuteur, très clairement traduite par l'expression du visage et le significatif lever du menton, lui fit reprendre, aussitôt, le fil de son récit.

---Je ne me suis inquiété de ne pas avoir de ses nouvelles, que le lendemain soir.

---Mais pourquoi avoir attendu aussi longtemps ?

---J'ai pensé, dans un premier temps, qu'elle avait décidé, au dernier moment, de dormir chez vous, sachant qu'elle n'aime pas rester seule, en raison de ses visions nocturnes. De plus, étant donné que le réseau téléphonique est souvent défaillant dans votre secteur de l'arrière-pays niçois, je ne me suis pas alarmé, outre mesure, que Mattéa ne réponde pas à mes appels téléphoniques.

---D'accord ! Et puis ?

---Je me suis réellement soucié de son absence de réponse, que le lendemain soir. J'ai réussi à joindre Hugo qui m'a laissé entendre qu'il y avait un problème sérieux, mais sans me communiquer la moindre explication. Comme vous ne me répondiez pas, non plus, j'ai décidé de revenir à Nice. Je me suis douté qu'il s'agissait d'un problème grave.

---Tu en as parlé à quelqu'un ? A tes parents ?

---Non, je suis plutôt en délicatesse avec eux, actuellement. Ils n'acceptent et ne comprennent pas très bien mon choix d'affectation sur la Côte d'Azur ; alors qu'il y avait une multitude de postes ouverts en région parisienne. Je suis, certes, leur fils unique, mais j'avais besoin de voler de mes propres ailes. Je sais que ça leur passera, le temps qu'ils s'habituent à mon absence. C'est d'ailleurs pour cette raison que je logeais chez ma grand-mère, à Bobigny. Je lui ai juste dit que je devais repartir à Nice, pour raison professionnelle. Je n'ai pas eu le temps de voir d'autres personnes. J'ai, aussi, vraiment eu peur que Mattéa ait rencontré un problème de santé, à cause de la grossesse.

Cette annonce inattendue électrocuta Blanco. Un violent courant électrique lui parcourra tout le corps, à lui en faire dresser les poils. Il en relâcha, d'un coup, la pression sur la pédale de l'accélérateur.

---Pardon ? Mattéa enceinte ? Mais qu'est-ce que tu me racontes ? Personne n'est au courant ! C'est quoi cette histoire ?

Devant le visage en décomposition de son beau-père, Edson se justifia confusément, alléguant qu'il souhaitait garder le secret, quelque temps, pour organiser, dans les règles de l'art, une annonce officielle de demande en mariage.

Blanco fut terrassé par cette incroyable nouvelle qui lui ajoutât une pression supplémentaire dont il se serait bien passé. Il lui ordonna de garder sous silence l'état de grossesse de Mattéa pour ne pas augmenter la peine de ses deux fils. Edson était anéanti par l'inconcevable enlèvement de sa bien-aimée. Il culpabilisa à cause de son départ, mais rassura son beau-père, quant à la mission qu'il lui confiait. Blanco le réconforta comme il put.

---T'inquiète pas. Je n'ai jamais failli dans mes enquêtes, tu ne crois quand même pas que je vais louper celle de ma fille. Je vais retrouver ce ou ces salauds. Fais-moi confiance !

Son discours sembla redonner espoir à son gendre. Il savait que rien, ni personne, n'avait échappé à son beau-père, au cours de sa tumultueuse carrière. Il le déposa au pied de son immeuble et partit, sans se retourner, à bord de son Touareg d'emprunt.

Le commandant Blanco mettait déjà le cap vers la Tunisie.

Chapitre 4

Seule, une traversée en bateau, au départ du port de Gênes, semblait susceptible d'assurer la plus hermétique discrétion pour se rendre en Tunisie. Même si Blanco y était connu comme le loup blanc. Il avait dérangé, non seulement les carabiniers italiens, dans leurs mauvaises habitudes déviantes, mais, également, les tunisiens de M'Saken, omniprésents dans cette gare maritime. Il convenait rapidement de trouver un passeur de confiance, car l'embarcation « Le Carthage » appareillait, le lendemain matin, à destination du port de la Goulette, à Tunis.

J moins 16.

Dans la nuit, Blanco fila tout droit en direction du port génois, distant de deux cents kilomètres de la ville de Nice. Pour échapper à un quelconque relevé d'identité, il était planqué dans le coffre, dissimulé sous les cabas et divers objets, ordinairement distribués par les Tunisiens à leur famille du bled. Son homme de confiance, Tiger, pilotait le Touareg VW, à vive allure. Blanco avait rencontré cet ancien commando des forces spéciales libanaises dans le sud de la France, à la suite d'une recommandation d'un commissaire de police du célèbre 36 quai des Orfèvres à Paris. Une affaire d'entrisme avait mal tourné, provoquant une guerre intestine entre la Brigade de Répression du Banditisme et l'Office Central des Biens Culturels. Tiger, démuni de papiers, avait été mis au vert par l'un des patrons, comme on les appelait, autrefois, dans la Grande Maison.

Après deux ou trois mises à l'épreuve couronnées de succès, Blanco lui avait fourni des documents d'identité, via un très précieux contact au sein de la préfecture des Alpes-Maritimes. C'était l'homme idéal pour mener à bien ce type d'affaire. Sans qu'il n'en connût les raisons, Tiger accepta tout de suite sa mission. C'était un homme discret, doté d'un fort tempérament et d'une expérience incommensurable. Ils n'en parlaient jamais, mais Blanco savait qu'il avait ôté la vie à bon nombre d'ennemis, au Liban. Ils avaient cette particularité commune d'avoir supprimé des vies, mais surtout d'en avoir sauvée davantage. Leur respect mutuel était d'autant plus grand.

Blanco exploita ce trajet pour se reposer un peu et élaborer plusieurs stratégies à mener sur le sol tunisien. Malgré une position pour le moins inconfortable, il s'interdit de s'en plaindre, soupçonnant les conditions extrêmes de détention de sa fille.

Qui, pendant ce temps...

Dans un endroit humide, froid et hermétique, Mattéa continuait à subir les infimes éclairs de lucidité et les longues périodes d'anesthésie. Elle commençait à apprivoiser ses courts moments d'éveil. Son état nauséeux lui provoquait d'incontrôlables vomissements, qui engendraient de violents spasmes. A peine le temps d'analyser la situation, que le même scénario se répétait : le désagréable bruit de clé dans une serrure non graissée, l'agaçant grincement métallique de l'ouverture d'une porte ; puis, l'arrivée d'une nouvelle sensation de chaleur dans tout son corps, avant la perte de connaissance...

Arrivé au port de Gênes, Tiger appliqua à la lettre les consignes du commandant. Il stationna le Touareg sur la file vide de droite, laissant, sur sa gauche, les trois autres voies occupées par les véhicules en attente d'embarquement. Il rabattit les rétroviseurs extérieurs, retira l'antenne du toit qu'il tint ostensiblement dans la main gauche, par la vitre ouverte, pour qu'elle soit bien visible des carabiniers. C'était le signal codifié pour avertir les policiers italiens et bénéficier, ainsi, d'un laisser-passer discret, exempt d'enregistrement sur le manifeste du bateau. Etant entendu que ce geste commercial s'accompagnait d'une petite rétribution de rigueur, exonérée de l'impôt sur le revenu. Quelques minutes plus tard, corollairement à cette efficiente pratique déviante, Tiger gara le Touareg dans la cale du « Carthage », sans le moindre empêchement. Heureusement, Blanco s'était rendu à plusieurs reprises sur ce port, pour observer ces petits rituels atypiques, afin de vérifier les indiscrétions de quelques agents de renseignement. Cette première étape concluante, il ne resta plus qu'à patienter pendant les vingt-deux heures de traversée. Tiger optimisa ce temps, à bon escient, pour alimenter régulièrement son passager clandestin.

J moins 15.

Tous deux avaient conscience que la deuxième étape serait plus périlleuse. Ce second protocole consistait à emprunter, dès la sortie du bateau, un parcours balisé jusqu'à l'exhibition du véhicule, devant un policier tunisien de haut rang. Mission compliquée car les livraisons de voitures hors circuit officiel correspondaient toujours à des commandes de la belle-famille du « bonhomme », comme on l'appelait ici. Il était particulièrement déconseillé, voire risqué, de prononcer son nom. En effet, le président, Ben Ali, bénéficiait de nombreux agents de renseignement dans chaque rue, de chaque quartier, de chaque ville du pays.

Le Carthage s'amarra, enfin, au port de Tunis, en tout début d'après-midi. Vingt minutes plus tard, Tiger suivit le parcours fléché jusqu'à l'arrière d'un entrepôt discret, abritant plusieurs véhicules haut de gamme. Tous étaient recouverts d'un voile poussiéreux, en attente d'acheminement et, sans doute, d'obtention de documents officiels de circulation. Le policier tunisien, circonspect, s'adressa fermement à lui, en langue arabe. Tiger, pour en avoir vu d'autres, ne s'en laissa pas compter.

L'« agent spécial », son autre alias, lui retourna froidement le cerveau. Il conseilla, prestement, à ce porteur de galons fournis, de bien considérer les éventuelles fâcheuses répercussions qui pourraient sensiblement altérer son évolution de carrière, s'il ne prenait pas la sage décision de satisfaire aux exigences de Leïla, la femme du « bonhomme ». Au bout de quelques minutes d'âpres discussions, le haut gradé, la cinquantaine bien tassée, dont le visage n'inspirait pas confiance, rendit les armes, sans contrepartie. Comme à son habitude, Tiger remplit sa mission avec succès et s'exfiltra hors de l'enceinte portuaire de la Goulette.

De cette manière, Blanco, à l'instar de la Roumanie, s'introduisit en Tunisie, *incognito*, tout comme Tiger d'ailleurs, la discrétion devant rester la condition *sine qua non*. D'une part, pour n'éveiller aucun soupçon sur l'enlèvement de sa fille qui, selon le ou les ravisseurs, lui serait fatal ; d'autre part, parce que cette mission tunisienne revêtait un tel niveau de dangerosité, que le commandant et son coéquipier étaient susceptibles, à tout moment, de donner la mort à quiconque tenterait de les neutraliser.

Maintenant, il convenait de trouver une cache pour le Touareg trop voyant, de l'échanger contre un véhicule utilitaire, plus commun ici, et de se planquer. Ainsi, Blanco pourrait se consacrer à la mise au point des derniers détails de la stratégie d'approche pour mettre la main sur sa fille. Lors de son escapade d'octobre dernier, l'envoûtante Fatima lui avait fait visiter un entrepôt familial de confection d'huile d'olive, dans la banlieue de Tunis, à Ibn Sina. Cet établissement, uniquement sécurisé par un gardien sans âge, dont le sommeil lourd berçait la nuit des riverains, pouvait représenter un abri discret pour le duo et leur Touareg. De surcroît, plusieurs véhicules utilitaires de l'entreprise y étaient stationnés, ils n'auraient que l'embarras du choix.

Blanco retrouva le site, peu avant minuit. Tiger effectua un premier passage de reconnaissance pédestre qui confirmât la présence du dormeur. Il avait l'art et la manière de se fondre dans le décor, malgré son imposante stature. Blanco assura quand même le coup, en ajoutant une petite dose de gaz soporifique, sous la porte de la guérite du veilleur de nuit. La voie libre, ils eurent tout loisir de choisir leur véhicule utilitaire de prêt, qui leur accorderait une plus grande discrétion pour circuler dans le pays hôte, bien malgré lui. Ils se reposèrent dans cet entrepôt, une grande partie de la nuit, pour emmagasiner quelques forces, sans déroger à leur habituelle économie de langage.

A maintes reprises, dès qu'il semblât succomber à un ersatz de sommeil, Blanco sursautait, dégoulinant de sueur, en proie aux brutales poussées d'anxiété. Il tentait de répondre à la cascade de questions qui défilait, inlassablement, dans son cerveau en ébullition. Tiger, qui ne dormait que d'un œil en mission, avisait de temps en temps Blanco, d'un signe interrogatif du pouce et d'un bref lever de menton. Son patron de flic lui répondait, à chaque fois, d'un lent battement de paupières, accompagné d'une inclinaison brève du menton. Ainsi, se chevauchèrent les instants d'éveil et de somnolence, jusqu'au petit matin, sous le bruit de fond des ronflements, aussi profonds que réguliers, du gardien des lieux.

J moins 14.

Avant le lever du jour, après le passage rigoureusement millimétré des consignes, les deux acolytes quittèrent l'entrepôt, aussi anonymement qu'ils y étaient entrés. Ils prirent la direction de la terrible caserne de Bouchoucha, dans laquelle travaillait Karim, le contact policier de Fatima. Blanco détenait son numéro de téléphone mais il semblait plus mesuré de ne l'utiliser qu'en cas d'extrême recours. Les communications téléphoniques étaient surveillées en permanence dans ce pays démocratique.

Blanco l'avait rencontré lors de la sortie sécurisée du sol tunisien, le quatorze octobre dernier. Karim, un sacré flic, âgé d'une quarantaine d'années, plutôt gaillard et téméraire, lui aussi, avait sécurisé les abords de l'aéroport de Tunis-Carthage pour couvrir, au mieux, le départ du duo, Blanco/Fatima, à destination de Nice. C'était un éternel et inconditionnel admirateur de celle-ci. Mais sa condition sociale ne lui avait, malheureusement, jamais permis d'en demander la main à son inabordable et inespéré beau-père. C'était un bon « poulet », un peu du style à Blanco. Mais le régime impitoyable, ici, lui imposait, plus qu'ailleurs, d'assurer ses arrières. Pour Blanco, Karim représentait l'unique espoir de retrouver sa fille saine et sauve.

Tiger stationna discrètement la camionnette, à proximité de l'entrée de la caserne. Mais de manière, tout de même, que Blanco, planqué à l'arrière de la cabine, puisse apercevoir l'objectif, entrer ou sortir de l'enceinte controversée. Le commandant se retrouvait dans une position qu'il avait connu jadis, à ses débuts, lors d'interminables surveillances à bord de sous-marins, communément appelés « soum » dans le jargon policier.

Déjà une semaine qu'il s'était lancé à la recherche de Mattéa, il ne lui restait plus que les deux-tiers du temps imparti pour mener à bien la mission de sa vie. Il culpabilisa d'être, une nouvelle fois, sous l'emprise de l'angoisse, alors que sa fille devait souffrir le martyr dans l'une des cellules de cette caserne maudite. Cet enclos impénétrable avait toujours fait l'objet de controverses sur la scène internationale, relativement aux suspicions d'actes de torture diligentés par le régime en place. Il ne faisait aucun doute, pour Blanco, que sa fille y était détenue.

Malgré ce mois de janvier, la chaleur dans la fourgonnette devint rapidement quasi-intenable. Mais nos deux guerriers passèrent outre cette fournaise, seule la mission importait. Pendant cet interminable mais nécessaire temps d'observation, en de courts instants d'égarement, Blanco s'imprégnait des senteurs et de l'ambiance particulière de cette ville de Tunis. Parfois, il percevait la relative dichotomie entre certains accents abrupts de cette langue d'origine sémitique, et les contours arrondis de cette envoûtante musique orientale. Laquelle lui rappelait, inexorablement, les doux moments passés auprès de sa jolie tunisienne.

Il fallût attendre quinze heures, pour qu'enfin, Blanco aperçoive Karim sortir de la caserne, chevauchant, seul, sa moto de service. Tiger lui emboîta le pas pour l'aborder dans un endroit plus discret. Karim prit la direction du centre-ville. Il avait pour habitude de déguster un thé, chaque après-midi, au restaurant-bar « L'Avenue », de la rue du Lieutenant Aziz à Tunis. C'était son exutoire pour se libérer l'esprit, avant de rejoindre sa petite famille, logée très modestement, dans la banlieue sud de Tunis.

C'est effectivement devant ce lieu qu'il stationna son trail Yamaha Ténéré, quelques minutes plus tard. Le rituel était millimétré, son thé lui était servi à sa table fétiche, en terrasse, par son habituel garçon de café, toujours fidèle au port de sa Jebba, vêtement traditionnel tunisien très raffiné. Il dégusta son thé, bercé par la musique tunisienne fortement marquée par le métissage d'une population majoritairement arabo-berbère.

Après quelques minutes d'observation, estimant le moment opportun, Blanco descendit par la porte arrière de la fourgonnette et convergea vers Karim. Mais, subitement, le commandant fut emprunt à un fort pressentiment qu'il avait pour habitude de ressentir lors de circonstances particulièrement inhabituelles. Il ralentit le pas pour mieux observer l'hypothétique danger. Comme à l'accoutumée, sa profonde aperception ne le trahit pas. Immédiatement, il aperçut un piéton dont l'attitude contrastait avec le décor ambiant. C'est souvent ainsi, qu'outre leur flair naturel, flic et bandit se respirent dans la rue. Les regards, les allures, les itinéraires, en somme, leur comportement est totalement différent du commun des mortels, pour ne pas dire des innocents.

Là, ce sujet se dirigeait nerveusement dans la direction de Karim, à contre-courant du flot des passants, dont la régularité était ostensiblement désorganisée par cet élément perturbateur. Sa détermination était si intense que rien, ni personne, ne pouvait le détourner de l'atteinte de son objectif. Son regard fixait sa cible, sans équivoque. Stoppant d'un seul coup sa progression devant la table du policier, il dégaina son arme de poing et fit feu, à bout portant, au niveau de l'abdomen de l'homme de loi, qui ne pût esquisser la moindre opposition. Après les cinq détonations assourdissantes, il prit la fuite, tout en se délestant de l'arme du crime. Karim s'affala au sol, tué sur le coup, en emportant, avec lui, la nappe et son contenu. Déjà, tel un buvard, sa chemise en lin absorbait son sang. Les cinq diamètres rouge vif se rejoignirent tellement vite, qu'ils n'en fissent rapidement plus qu'un.

Le serveur, une fraction de seconde abêti, se lança à la poursuite du tireur désarmé. Poursuivi par la clameur publique, le tueur était rapidement interpellé par les badauds, deux rues en amont. Blanco, complètement abasourdi, remonta précipitamment à l'arrière de l'utilitaire. Il n'en croyait pas ses yeux. Son seul espoir potentiel venait de se faire abattre, devant lui, impuissant. Le ciel lui tombait sur la tête. La situation, déjà dramatique, s'amplifiait davantage.

Fallait-il établir un lien de causalité entre cette froide exécution et le terrifiant enlèvement de sa fille ? Impossible de le savoir à ce stade, il dépêcha Tiger sur les lieux pour qu'il obtienne, discrètement, quelques précieux renseignements. Les services de police se trouvaient déjà sur la scène du crime. Son co-équipier revint rapidement dans le véhicule, à peine quelques minutes plus tard, et quitta l'endroit aussi furtivement. Le bruit du moteur ne suffisait pas à absorber celui produit par la respiration bruyante de Blanco, à l'arrière de la fourgonnette. Il inspirait et expirait l'air brûlant de la cabine, à la cadence accélérée du tic-tac d'un compte à rebours. Le commandant s'attachait à encaisser ce mauvais coup, terrassé par l'assassinat de son seul contact policier tunisien.

Sans trop de compassion, malheureusement accoutumé à ce genre de scène, l'agent spécial tenta de profiter de la fébrilité passagère du taulier, pour en savoir un peu plus sur cette mission qui prenait une tragique tournure.

---Désolé pour ton ami, Blanco ! Selon les premières déclarations de ses collègues, il se serait fait descendre par ce gars qu'il avait mis en taule, il y a quelques années ! Dis-moi, patron, c'est quoi au juste notre mission ?

Immédiatement, cette opportune tentative d'intrusion eut le don de remettre Blanco sur ses gardes.

---Même à toi, je ne peux pas le dire ! Je dois juste récupérer quelque chose en Tunisie ! Et je crois que ce que je recherche est dans cette putain de caserne !

Blanco frappa à plusieurs reprises sur la carrosserie du Kangoo. Tiger ne l'avait jamais vu en pareille posture incontrôlée. Après quelques secondes d'extériorisation, le commandant se ressaisit pour reprendre le commandement des opérations.

---Bon, Tiger, il me reste un contact à Monastir ! Mais on ne peut s'y rendre par la route qui est jalonnée de check-points ! Ma photo doit circuler dans tous les services de police, depuis ma dernière visite de courtoisie. Faut qu'on trouve un bateau, ça sera plus discret !

Une mission plutôt récréative pour Tiger qui savait tout piloter, même les hélicos. Au beau milieu de la nuit, à la marina du port de Sidi Bou Saïd, il devint, temporairement, le détenteur d'un bateau-cigarette, propulsé par trois énormes moteurs d'une puissance de plus de mille chevaux, le type d'embarcation privilégié pour les go-fast destinés au transport de produits stupéfiants ou de contrebande. Durant le trajet jusqu'à Monastir, lui et Blanco se partagèrent alternativement le poste de navigation. Au petit matin, ils amarrèrent leur bolide au ponton privé du grand hôtel de son second contact tunisien, Mahmoud.

J moins 13.

Aussitôt accosté, Blanco se précipita à l'accueil pour s'annoncer auprès du grand patron. La réceptionniste sembla très embarrassée, baissa les yeux avec la pudeur et la discrétion de la femme tunisienne, puis s'éclaircit la gorge.

---Je suis désolée, Monsieur, il est momentanément indisponible. Vous devriez en discuter avec son père qui est assis là-bas, près de la fontaine.

Blanco se présenta au vieil homme dont la longue barbe et les larges sourcils broussailleux ne suffisaient pas à masquer la sévérité naturelle de son visage, soulignant une imposante autorité. Blanco fut stupéfait de constater que ce vieux monsieur l'attendait.

---Ah, vous voilà enfin ! C'est donc vous le fameux flic français dont Mahmoud m'a tant parlé. Eh bien, après l'avoir sorti du pétrin, à Nice, vous l'avez mis dans de sales draps !

Il lui narra les mésaventures de son fils unique, après la fameuse visite d'octobre dernier, lourde de conséquence. Le président et sa belle-famille l'avaient fait incarcérer pour

76

un soi-disant motif de trahison. Il rendait Blanco responsable de cette arrestation et l'avisa, le regard noir et perçant.

---J'aurais préféré qu'il fasse quelques jours de garde-à-vue à la française, plutôt qu'une détention, sans retour, à la caserne de Bouchoucha. Puis, surtout, qu'il ne croise jamais votre chemin. J'ai été prévenu, il y a quelques jours, de votre probable passage ici. Je vous attendais !

Blanco passa de l'effet de surprise à celui d'un revigorant sentiment d'espoir. Il était donc bien sur la bonne piste. Il s'empressa de questionner ce vieux patriarche. Néanmoins, son enthousiasme retomba aussi vite, devant le marché non négociable qu'il lui imposa prestement.

---Si vous voulez récupérer ce que vous êtes venu chercher, il faudra me ramener mon fils. Puis, il conviendra de le mettre à l'abri chez vous, en France. Maintenant, j'ai besoin de prendre congé. Vous savez où me trouver. Juste une petite précision, Commandant, Mahmoud sort en promenade tous les matins de onze heures à midi, dans la cour principale de la caserne militaire. A vous de jouer, maintenant, vous avez les cartes en main !

Juste le temps de lui demander un petit service pour le lendemain, que Blanco fît retour sur le bateau pour transmettre la nouvelle mission à Tiger. Lequel arbora un léger rictus. Le plan de Blanco était à sa portée, mais le risque anormalement élevé. D'autant qu'il n'avait pas piloté d'hélicoptère depuis quelques années. Néanmoins, il n'était pas homme à se défiler, le bougre, toujours prêt à rendre service à Blanco, qui n'avait pas hésité à lui tendre la main après sa mésaventure parisienne.

Lors de la fameuse semaine de semi-villégiature d'octobre deux mille sept, Mahmoud avait emmené le commandant sur les hauteurs de Monastir, pour en apprécier la vue imprenable sur la baie. Bien entendu, l'attention de Blanco s'était plutôt portée sur la présence d'un yacht, surmonté d'un hélicoptère, dans le port d'El-Kantaoui. Embarrassé, Mahmoud avait répondu, du bout des lèvres, qu'il s'agissait sans doute d'une nouvelle acquisition des Trabelsi, la belle-famille controversée du président tunisien.

A son retour en France, le commandant Blanco avait transmis cette information aux autorités compétentes, qui l'avaient avisé de la déclaration de vol de ce yacht, le « Beru Ma », au Port de Bonifacio en Corse du Sud, le cinq mai deux mille six. Cette affaire relevait d'une relative sensibilité car son propriétaire était un ami intime de Jacques Chirac. Et lorsque l'on sait que les Trabelsi ne volent jamais, il n'était pas à exclure une sombre affaire d'escroquerie, là-dessous.

A ce propos, un enquêteur corse s'y était cassé les dents, cette année-là, car le bateau était amarré dans la partie du Port de Sidi Bou Saïd sous protectorat de la famille présidentielle. L'embarcation avait soudainement disparu, après le passage de cet ancien policier, et les rares indices semblaient avoir été emportés par les courants méditerranéens.

Bref, Blanco et Tiger envisageaient de profiter de cette aubaine pour mettre main basse, à leur tour, sur l'hélicoptère. Le premier nommé était aguerri à se suspendre au filin, notamment lors d'exercices d'exfiltration enseignés à l'occasion de son service militaire en mille neuf cent quatre-vingt-quatre. Le second désigné allait vite retrouver ses automatismes, en raison de ses multiples opérations héliportées au cours de la terrible guerre civile libanaise, entre mille neuf cent soixante-quinze et quatre-vingt-dix.

L'objectif était clair et très risqué. Il consistait, dans un premier temps, à extraire Mahmoud de la caserne impénétrable de Bouchoucha, pendant sa promenade quotidienne. Puis, dans un deuxième temps, de le ramener à son père, pour qu'il constate la réalité de sa liberté. Enfin, de l'exiler clandestinement en France pour qu'il demeure en sécurité, à distance raisonnable du pouvoir tunisien. Bien entendu, son père devrait lui emboîter rapidement le pas. D'ailleurs, il avait déjà pris toutes les mesures ad-hoc, conscient qu'il devrait laisser une partie de ses richesses, ici.

Restait une simple formalité à accomplir pour les deux warriors, neutraliser le gardien du yacht détourné. Pour cela, ils devaient attendre la mise en place de la relève effective à neuf heures le lendemain matin. Ils en profitèrent pour reprendre quelques forces et se reposer, un peu, sur leur hors-bord d'emprunt. Pendant cet interminable mais incontournable temps d'arrêt, imposé par le remplacement du garde par tranche de 24h, Tiger, à la recherche du moindre indice susceptible de l'orienter sur les raisons de cette mission, scrutait sans cesse les attitudes du commandant.

Quel degré de contrainte pouvait rencontrer son taulier pour que son niveau d'anxiété soit aussi culminant ? Lui, qui n'exposait jamais de visage de circonstance ! Quel était véritablement l'enjeu de cette expédition pour atteindre un tel risque opérationnel ? Malgré tout, il respecta son mutisme et garda toute sa confiance envers ce flic qui l'avait remis en selle. Blanco se morfondait de perdre autant de temps pour retrouver sa fille, qui devait désespérer qu'il la retrouve. Peut-être que le ou les ravisseurs l'avaient informée du fameux délai de trois semaines ? Après de longues heures d'angoisse et de questionnement, il s'imposa tout de même de sommeiller, aussi légèrement soit-il, car la journée du lendemain amènerait son lot suffisant d'émotion.

J moins 12.

Le lendemain matin, porteurs de leurs tenues tactiques de combat, les deux hommes mimèrent, une dernière fois, la neutralisation du militaire, gardien du yacht. Un jeu d'enfant pour eux, pour ne pas dire une mise en bouche, avant de passer aux choses sérieuses avec le déclenchement de la prise d'assaut de cette maudite caserne de Bouchoucha.

A l'heure programmée, Tiger fit diversion en empruntant le ponton, alors que Blanco accéda, à la nage, à l'arrière du bateau. En plein échange en langue arabe avec l'agent spécial, le surveillant fut rapidement neutralisé par l'étranglement imparable administré par Blanco, qui l'immobilisa à l'aide de serflex. Il l'attacha solidement à la banquette arrière de l'hélicoptère de type écureuil. Ainsi, il écarta tout risque que les forces armées de Bouchoucha ne fassent feu sur l'engin, lors de la phase de sustentation, au-dessus de la cour intérieure de l'enceinte.

Tiger pénétra dans le cockpit et se familiarisa, tout aussi rapidement, avec son impressionnant tableau de bord, toujours intimidant pour un novice avec tous ses cadrans, instruments de mesure, interrupteurs et autres boutons divers. Sans compter le palonnier et les manches qui nécessitent un minimum de coordination. Ce qui n'impressionna pas le chevronné ressortissant libanais, aguerri à tout type de pilotage.

Puis, il décolla prudemment et pilota habilement l'engin à basse altitude, survolant les interminables champs d'oliviers et de dattiers. Le militaire avait le visage recouvert d'un épais linge noir, afin de l'empêcher d'identifier Blanco. Il tremblait de tout son long, ignorant les intentions du binôme qui ne pipait mot et ne communiquait que par signaux conventionnels codifiés. Le degré de concentration des deux missionnaires, visages fermés et mâchoires serrées, atteignit le paroxysme de la détermination lorsque le moment décisif de l'assaut de la prison devint imminent.

A onze heures quinze, l'hélicoptère s'immobilisa à une dizaine de mètres au-dessus de l'enclos de la promenade de la caserne de Bouchoucha. L'immense tourbillon de nuage de sable était de nature à brûler les paires d'yeux aventureuses. Le duo constata, avec soulagement, la faille de sécurité dite « passive » de cette enceinte, démunie de filin anti-hélicoptères. Pour cause, personne ne s'était aventuré à prendre un tel risque, ici, où la terreur instaurée par le régime suffisait à refroidir les ardeurs, même des plus téméraires.

Blanco, qui venait d'apercevoir la silhouette de Mahmoud déambuler dans l'enclos de la promenade, se laissa glisser le long du cordage, sans aucune appréhension. Pourtant conscient que Tiger devait faire face aux violentes bourrasques qui perturbaient la stabilité de l'appareil. La manœuvre était des plus délicates mais le pilote chevronné parvint à maîtriser l'engin. Dès qu'il toucha le sol, le commandant saisit son objectif qui le reconnut immédiatement malgré son port de cagoule. Il l'accrocha à son harnais, à l'aide d'un mousqueton, après avoir enserré une large sangle sous les aisselles de son passager, devant les regards ébahis d'autres détenus.

Son affirmé mouvement circulaire de l'index droit, pointé vers le haut, donna le signal de déguerpir. Tiger mit immédiatement les gaz pour s'extraire de la zone rouge, en engageant, sans demi-mesure, le cyclique, s'apparentant au « joystick » des jeux électroniques. Concomitamment à cette brusque manœuvre, il déclencha le mécanisme de remontée du filin auquel étaient attachés Mahmoud et le commandant Blanco. A la suite d'une énième violente rafale de vent, l'hélicoptère se déporta dangereusement, les jambes des deux suspendus flirtèrent, comme par miracle, avec les fils barbelés ornant les murs d'enceinte de la prison.

Les militaires, médusés par cette impensable évasion et aveuglés par la nuée ensablée, exécutèrent uniquement des tirs d'intimidation, à distance raisonnable de l'engin. De toute façon, Blanco savait que ces hommes de lois, formés, pour la plupart, par les groupes d'élite de la police française, ne pouvaient prendre le risque d'abattre le giravion, pour préserver la population environnante de l'avenue du 20 mars 1956.

La téméraire stratégie de Blanco était couronnée de succès. L'exfiltration n'avait duré qu'une poignée de secondes, une quinzaine, tout au plus. L'hélicoptère disparut du site aussi furtivement qu'il y était apparu, sous la bronca des prisonniers observant la scène des étroites fenêtres de leurs cellules, profitant d'une inespérée occasion de s'exprimer librement. Le bref échange de regard entre les deux missionnaires fut sans équivoque. Blanco et son acolyte avaient pour habitude de ne jamais douter lors de leurs interventions, pour éviter qu'elles échouent. Pour ces deux hommes, le doute représentera toujours l'adversaire le plus coriace. Il en fut une nouvelle fois ainsi, dans l'exécution de cette périlleuse et spectaculaire opération commando.

Mahmoud n'en revint pas de voir ce flic français lui sauver la mise une seconde fois, qui plus est dans son pays. Il apparaissait très amaigri et dans un état psychologique lamentable. Il éclata en sanglots en se tenant la tête dans ses mains crispées, sans pouvoir prononcer un seul mot. Fidèlement à sa réputation, cette lugubre caserne de Bouchoucha avait produit son perpétuel effet dévastateur.

Blanco savait que les militaires, ayant sans doute identifié l'hélicoptère du Beru Ma, allaient immédiatement mettre sous surveillance l'espace aérien et diligenter l'envoi de forces de sécurité intérieure pour investir l'hôtel de Mahmoud, ainsi que le port d'El Kantaoui. Il donna pour instructions à Tiger, de filer tout droit vers Sahline, située à mi-chemin entre Sousse et Monastir. La veille, Blanco avait demandé au vieil homme d'y amarrer le yacht, à quelques encablures du Vieux-Port.

Le rendez-vous se réalisa conformément à ce qui avait été convenu avec le père de l'évadé. Les retrouvailles, dans cet endroit discret, furent aussi chaleureuses que courtes. Il n'y avait pas une minute à perdre pour échapper à la traque lancée par les militaires. Le commandant s'impatientait de connaître le lieu de détention de sa fille pour la récupérer au plus vite. Le vieil homme, le regard humide, avisa Blanco avec beaucoup de reconnaissance. S'il avait pu le convertir à l'islam à cet instant, il l'aurait fait. Mahmoud représentait la prunelle de ses yeux, il était son fils unique dont il avait pleuré la mort de la maman, à sa naissance. Il tint fermement les deux mains de Blanco, qu'il pressa fortement contre son cœur qui battait la chamade.

---Merci, Blanco, je te suis reconnaissant à vie d'avoir sauvé mon fils ! Maintenant, tu dois le mettre en sécurité dans ton pays !

Impatient, Blanco abrégea la discussion.

---Trêve de bavardage, je connais ma mission et vous pouvez être certain que je vais mettre la deuxième phase à bonne exécution. Vous savez ce que je suis venu récupérer !

A sa grande stupéfaction, à l'instar d'Alexandru, le parrain Roumain, le vieux Mohamed lui remit une enveloppe contenant un message écrit de la même main que les deux premières correspondances.

LABORIEUX BLANCO !

OMAR DU DAKAR-BOAT TE FERA T IL OUBLIER TES AMIS TUNISIENS ?

N'OUBLIE PAS TA PAUVRE FILLE !

Le ciel s'abattit une nouvelle fois et encore plus lourdement sur lui. Tant d'efforts et de risques pour si peu. Et dire qu'il venait de frôler la mort lors de cet épisode roumain et de cette spectaculaire évasion tunisienne. De surcroît, il y avait entrainé, respectivement, Elena et Tiger. Pour autant, Blanco était conscient qu'il s'agissait d'une étape supplémentaire, qui le rapprochait inexorablement de sa fille. C'était, sans doute, le prix à payer. Le ou les ravisseurs ne sous-estimaient pas sa résistance et sa pugnacité. Mais pourquoi autant d'acharnement ? Quelle pouvait être la gravité du préjudice qu'il leur avait fait subir pour mériter une telle torture psychologique, une telle vengeance ?

84

En attendant de se lancer sur cette nouvelle piste d'Afrique de l'Ouest, ils devaient tous trois faire retour à Nice. Le « Beru Ma » représentait le moyen de locomotion le plus discret pour s'y rendre. Une escale carburant en Sardaigne, s'imposait pour atteindre le port corse de Bonifacio. Il convenait d'y déposer le fameux yacht qui y avait été détourné, avant de monter à bord du ferry à destination du port de Nice. Ils échappèrent de peu à l'arrestation par les militaires tunisiens et sortirent rapidement de leurs eaux territoriales.

J moins 11.

Dans la nuit, Tiger et Blanco se relayèrent par quart de trois heures. Mahmoud, lui, dormit d'un sommeil de plomb. Les trois mois de détention et, forcément, de tortures physiques et psychologiques, avaient laissé des traces indélébiles sur ce fils de millionnaire, dont le père avait amassé une fortune colossale grâce au commerce juteux de tapis orientaux. Les conditions précaires de sa détention en furent d'autant plus insupportables, pour celui qui était né avec une cuillère d'argent dans la bouche.

Profitant d'une relative accalmie, à l'abri du regard de son co-équipier, Blanco décrypta le message remis par le père de Mahmoud. Il dut faire abstraction des fréquentes et imprévisibles poussées d'anxiété qu'il commençait, petit-à-petit, à réguler, pour laisser place, uniquement, à la seule atteinte de l'objectif de la mission de sa vie. Ainsi, il parvenait à réduire, sensiblement, le paralysant impact sentimental.

Pendant ce temps...

Après une dizaine de jours de séquestration, l'état de santé physique et moral de Mattéa se dégradait sensiblement. Les liens lui entaillaient davantage la chair des chevilles et des poignets. La plaie autour de son cou, occasionnée par l'épaisse chaîne en acier rouillé, commençait à suinter.

Tout son corps était engourdi, en raison de cette permanente et inconfortable position assise. Ce mauvais traitement était uniquement rendu supportable grâce aux injections répétées du produit anesthésiant. D'ailleurs, elle les attendait avec impatience, lorsque l'effet du médicament s'amenuisait.

Parfois, elle se surprenait à souhaiter que l'injection devînt mortelle. Seul son état de grossesse l'aidait à combattre. Et puis, elle restait persuadée que son père la retrouverait.

Elle entendit, une énième fois, ce stressant bruit de clé dans la serrure, cet effrayant grincement de porte métallique et s'impatienta, déjà, de recevoir cette perfusion salvatrice...

Chapitre 5

Dakar Boat, cet indice faisait, sans nul doute, référence à une affaire également traitée par Blanco et ses hommes, au début de l'année deux mille sept. L'objectif principal n'avait pu être interpellé en raison, selon toute vraisemblance, de « fuites » provenant d'un service « particulier » au sein, ou plus exactement, en marge de la Sûreté Départementale des Alpes-Maritimes. D'ailleurs, on ne savait pas vraiment qui dirigeait réellement cette brigade délocalisée, à l'extérieur de la caserne Auvare. Peut-être une influence politique locale, se plaisait-on à dire, officieusement, ici et là ?

Bref, à cette époque, Blanco et ses hommes étaient confrontés à une soudaine recrudescence de vols de motos, et notamment de T-MAX, dans toute la région Provence-Alpes-Côte d'Azur. Cette sensible hausse de la courbe des statistiques de véhicules volés fit son plus mauvais effet dans les objectifs de ce groupe d'investigation.

Parti en solitaire, comme bien souvent, à la pêche au renseignement, Blanco ferrait rapidement une info sur un récent trafic entre le sud de la France et Dakar, au Sénégal. Un certain Omar, arrivé à Nice dès son plus jeune âge, en serait le cerveau. Il possédait déjà un beau palmarès, connu dans le « milieu » pour des braquages de bijouterie de la Côte d'Azur et, notamment, les deux spectaculaires commis dans l'inviolable forteresse monégasque, en deux mille deux et deux mille trois.

Après plus de deux mois d'enquête, avec la pugnacité qu'on lui connaissait, Blanco parvenait à localiser le nid de cette organisation, aux entrepôts Shurgard, dans le secteur de Saint-Isidore à Nice-Ouest. Il s'agissait d'un self-stockage, sécurisé par un gardiennage 24h/7j, doublé d'un système de vidéoprotection performant. Ses investigations permettaient d'établir que cet organisateur y stockait des T-MAX et des motos volées, avant de les faire convoyer à destination de Dakar, en pièces détachées. Cette logistique frauduleuse se réalisait sous couvert d'une société écran d'import-export, via un porte-conteneurs, le Dakar-boat, qui naviguait sous pavillon sénégalais, essentiellement entre le port de Marseille et celui de la capitale du Sénégal.

La team du groupe auto identifiait les différents acteurs du réseau grâce à l'apport des enregistrements vidéo du site et d'un allié de circonstance. Ne restait plus qu'à laisser partir les engins de Nice pour établir les ramifications au port marseillais. C'était chose réalisée quelques jours plus tard. Pour ne pas attirer les soupçons sur l'agent de renseignement et lui éviter bon nombre de désagréments, aucun membre du groupe auto ne se déplaçait à Marseille. A distance, Blanco mettait en place un pseudo-contrôle aléatoire, via le service des douanes territorialement compétent, en présence officieuse du fameux « agent fédéral », son fidèle contact allemand.

Vers quinze heures, il recevait un premier appel négatif de son attaché germanique, qui lui rendait compte sur un ton hésitant.

---Blanco, il y a un problème, ici ! Nous sommes bien en présence du container que tu as identifié à Nice ! Mais les douaniers font marche arrière car ils n'y trouvent que des appareils électro-ménagers et des pneus d'occasion dont le conducteur est en mesure de justifier la provenance. L'agent fédéral n'était pas surpris que cette remarque eût pour effet immédiat de faire sortir Blanco de ses gonds.

---Mais vous vous foutez de moi ! Depuis quand je vous donne des tuyaux percés ! Il ne faut quand même pas que je vienne vider ce container moi-même ? Rappelez-moi pour m'annoncer la bonne nouvelle, vous m'agacez, les gars ! Je vous sers une affaire sur un plateau et ce n'est pas encore suffisant !

Ce fin limier montait assez vite dans les tours ces derniers temps car il gérait maintenant une douzaine d'hommes ainsi qu'un portefeuille d'une centaine d'affaires plus importantes et intéressantes les unes que les autres. Aucune d'elles ne devait lui échapper. L'appel de son interlocuteur saxon, une demi-heure plus tard, lui donnait une nouvelle fois raison.

---C'est bon, Blanco ! C'était caché tout au fond du container !

Même si un dernier coup de téléphone des douanes l'agaçait encore.

---Désolé, Capitaine, nous avons effectivement mis la main sur les engins démontés qui étaient dissimulés derrière les leurres. Mais il nous est impossible de les identifier car les numéros de série et de moteur ont été meulés !

Blanco soupirait profondément afin de conserver son self-control et donnait pour instructions, à l'agent fédéral, de lui rapatrier les T-Max à Nice. Il savait comment les identifier. Grâce à l'application, sur la partie d'acier limé, d'une solution liquide à base d'acide permettant de faire ressortir, une seule et unique fois, la frappe des références effacées. Il convenait ensuite, au moment de la brève apparition des identifiants, de les fixer au moyen de clichés photographiques. De cette manière, le tour était joué, deux jours plus tard. La team du groupe auto identifiait tous les engins dérobés et leurs légitimes propriétaires.

Au cours de son enquête, Blanco avait remarqué le passage, à deux reprises, de son objectif numéro un, Omar, dans ce service « particulier » localisé en face de la caserne Auvare. Il ne faisait aucun doute que ce groupe adverse, pour ne pas dire ennemi, l'avait mis au parfum de son arrestation imminente. Mais dans quel intérêt ?

Finalement, tous les échelons du réseau étaient interpellés et placés sous mandat de dépôt. A l'exception de ce fameux chef de gang qui se savait traqué par ce flic insatiable. Ce dernier continuait inlassablement à travailler sur ce dossier dont l'objectif avait vraisemblablement mis les voiles à l'étranger. De source fiable, Blanco mettait à jour une affaire bien plus sérieuse qui gravitait dans le milieu islamiste radical. Omar y apparaissait comme un recruteur au service du djihad qui ciblait, manipulait et envoyait les recrues du sud-est de la France, dans les camps d'entraînement en Syrie. Il avait d'ailleurs été repéré aux abords d'une planque de radicalisés tunisiens, à Nice.

Alors, cette traque, sans relâche, serait-elle la raison de l'enlèvement de la fille de Blanco ? Mais si tel était le cas, où la rechercher ? Et pour quelle raison ce djihadiste l'aurait-il lancé sur les pistes roumaines et tunisiennes ? Avait-il obtenu ces précieuses informations du « service particulier », pour l'épuiser, avant de lui donner le coup de grâce ?

A l'évidence, il convenait de tenter de le suivre à la trace sous son nouveau pseudo d'Omar Omsen. Le plus frustrant dans cette affaire, c'est que ce prédateur avait incontestablement bénéficié d'indiscrétions policières lui ayant permis d'échapper à son arrestation. Et ça, c'était indigeste pour un flic incorruptible comme le commandant Blanco. Quoi qu'il en soit, il revint sur l'actualité et s'employa à garder la tête froide en progressant étape par étape. Il devait rejoindre cette splendide ville de Nice pour mettre en sécurité Mahmoud, sous la protection rapprochée de Tiger.

Une première escale s'imposait pour procéder au ravitaillement en carburant du yacht à Cagliari, en Sardaigne ; puis, une deuxième, à Bonifacio, en Corse du Sud, pour y déposer discrètement le bateau « redétourné » ; enfin, prendre un ferry à destination de Nice.

La première étape se déroula sans encombre dans la capitale de la Sardaigne, célèbre pour son quartier médiéval du Castello. Les trois hommes en profitèrent pour se restaurer au Stella Marina Di Montecristo, un restaurant typique dissimulé dans une rue discrète du quartier du port. L'ambiance dans l'établissement correspondit en tout point à la réputation des us et coutumes de l'île. Les sardes ne quittèrent jamais des yeux ce trio d'inconnus, tout en préservant cet imposant silence de cathédrale. Ce qui ne fût pas pour déplaire à Blanco.

Il ne se substanta que par la nécessité de reprendre des forces. La tablée était silencieuse, les trois têtes uniquement penchées au-dessus des assiettes. Mahmoud dévora, d'un seul trait, les succulentes pasta de Sardaigne, affamé après trois mois de disette forcée. Tiger, toujours aussi discret, observait en permanence les expressions de visage du commandant. Il ne savait toujours pas ce qui se tramait. Blanco lut toute l'incertitude sur le faciès interrogatif de son homme de confiance. Il le rassura d'un léger battement de paupières, lui indiquant, de cette manière discrète et digne, qu'il gérait la situation.

Après les antipasti imposés autoritairement par la *mamma*, la plâtrée de pâtes à la sarde et un «*espressino freddo*», un café froid italien, ils reprirent la mer à destination, non pas du port de Bonifacio mais de celui de Porto-Vecchio. Blanco changea la destination au dernier moment. Il aurait été imprudent d'entrer dans ce débarcadère où les usagers eurent reconnu immédiatement le fameux yacht. Tiger suggéra à Blanco de le soulager de sa prise de quart, il n'avait nul besoin de verbaliser pour comprendre que la mission de son recruteur n'était pas terminée. Bien qu'agité, Blanco parvenait, de temps à autre, à trouver le sommeil. Pour se donner du baume au cœur, il s'imaginait l'instant où il retrouverait sa fille.

J moins 10.

Dès le lever du soleil, alors qu'il scrutait l'horizon, Blanco aperçut les contours de cette magnifique île de Beauté où il rêvait séjourner depuis de nombreuses années. Jamais il n'aurait pensé y accoster dans de telles circonstances. S'abandonnant quelques instants devant cette merveille de la nature, il admira la citadelle de Porto-Vecchio, se dressant fièrement du haut de son rocher. Surnommée le « bastion de France », elle avait été reprise aux génois, deux cent quarante ans plus tôt, par les troupes du roi Louis XV.

Blanco, lui, n'en demandait pas tant. Reprendre sa fille ferait de lui le père le plus heureux au monde. D'ailleurs, le temps s'écoulait trop rapidement et il ne lui restait plus que dix jours pour la retrouver. Même s'il avait avancé dans sa quête, il avait la légitime impression de se faire balader.

Cependant, il s'interdit de sombrer dans le pessimisme, ce n'était pas dans sa nature. Il resta uniquement concentré sur la piste d'Omar.

Une demi-heure plus tard, Tiger accosta enfin au quai. Les trois acolytes durent s'évaporer rapidement dans les parages, car les premiers badauds, pourtant des porto-vecchiais, reconnurent immédiatement le yacht dérobé, ou plutôt détourné, un an plus tôt, au port de Bonifacio. Ils restèrent tous sans voix, surtout que ce bateau avait fait couler beaucoup d'encre, dans le « Corse-Matin ». Par quel enchantement ce bateau était-il réapparu, ici ? Murmurait-on, dans les travées du port !

Pour l'instant, que ce soit en Roumanie, en Italie, en Tunisie, en Sardaigne ou en Corse, le passage de Blanco restait totalement immaculé. L'impérative confidentialité était remplie, c'était essentiel pour la poursuite de sa quête. Excepté les enlèvements de Mirella, du petit Nicolae et du militaire tunisien, il n'avait pas été contraint de tuer, ce qu'il n'aurait pas hésité à mettre à exécution, si besoin s'en était fait sentir. En effet, il était prêt à tout pour sauver sa fille, dont les espoirs, de le voir venir la sauver des mains de son ou ses ravisseurs, devaient s'amenuiser de jour en jour.

Sans perdre une seconde, Tiger acheta deux billets pour le ferry Porto-Vecchio/Nice. Blanco lui avait recommandé de prendre des tickets aller-retour pour ne pas attirer la curiosité des agents de la société de location de voitures. Ensuite, il embarqua sur le « Corsica Sardinia Ferries » avec Mahmoud, passager avant droit, et Blanco, dissimulé dans le coffre.

Le facteur chance sourit, une fois encore, au commandant car la traversée hebdomadaire était effective ce même jour. Ce qui confirma sa réputation de porteur d'une bonne étoile. Il fallait maintenant patienter une dizaine d'heures de navigation pour rejoindre le port de Nice. Comme dans le bateau du Carthage, Tiger approvisionna régulièrement son passager clandestin, situation qui pût paraître plutôt cocasse dans un contexte dissemblable.

N'ayant d'autres solutions que de tirer profit de cet interminable voyage, Blanco élabora différents plans d'action. Il fallait absolument qu'il fasse le point avec son gendre, Edson, et ses deux fils. Peut-être possédaient-ils un élément nouveau dans cette affaire ? Ensuite, fouiller les archives dans son bureau pour dépouiller, dans les moindres détails, cette enquête sur le trafic de motos entre le sud de la France et le Sénégal. Enfin, éplucher tous les fichiers pour retrouver la trace d'Omar. Sa fille ne serait pas épargnée, si elle était à la merci de ce salopard. De toute façon, inutile de se morfondre, il devait avancer ses pions, un à un, sur ce tortueux échiquier.

Le Ferry accosta au port de Nice, tard dans la soirée, à cause d'une mer démontée qui retourna davantage le cœur de Blanco, incapable de se concentrer sur l'objectif. Comme s'il n'en suffit pas. Fidèle à ses habitudes, Tiger appliqua scrupuleusement les consignes à la lettre. Il déposa Blanco au bas de l'immeuble de l'appartement de son gendre et partit, en attente de nouvelles instructions, mettre à l'abri son nouveau protégé, Mahmoud.

A sa vue, Edson et ses deux fils comprirent immédiatement que la recherche restait toujours vaine. Blanco ne s'embarrassa à peine de dissimuler cette situation d'échec, arborant une mine défaite. Son gendre et ses deux enfants semblèrent perdre tout espoir. Beaucoup plus par maladresse que par intention de déplaire à son beau-père, le néo-policier verbalisa son incontrôlable angoisse.

---Mais qu'est-ce qui se passe, Monsieur ? C'est impensable ! Nous avez-vous caché des choses que nous devrions connaître ? Qui peut vous en vouloir au point d'enlever Mattéa ? Vous vous rendez compte de la gravité de la situation ?

Edson regretta déjà ses paroles. Blanco restant sans réponse, c'est son fils, Adam, qui vint à sa rescousse. Il s'avança vers son beau-frère, les poings et les mâchoires serrés, le torse bombé.

---Quoi qu'il en soit, mon père a toujours travaillé honnêtement. Le problème est que partout où il passe, il dérange du beau monde. Je sais qu'il va retrouver notre sœur. Tu ne dois pas paniquer, tu commences sérieusement à m'agacer ! Toi aussi tu es flic, tu pourrais faire quelque chose ! Il faut garder espoir et confiance en lui, je sais qu'il va réussir, quoi qu'il lui en coûte.

Ces paroles eurent le mérite de sortir Edson de son profond désarroi. Il présenta immédiatement ses excuses, bien que sa réaction demeurât légitime.

---Ok, je suis désolé ! Je compte sur vous ! Je vais faire un tour pour me refroidir le cerveau !

Blanco fit le point avec ses deux fils, notamment sur les évènements qui auraient pu les interpeller ces dernières semaines. Mais aucun d'eux n'avait remarqué un quelconque changement d'attitude chez Mattéa. Laquelle, *a contrario*, semblait de plus en plus épanouie aux côtés d'Edson, toujours très attentionné.

Blanco tenta de chercher de son côté privé mais il ne rencontrait aucune difficulté extra-professionnelle, dans la mesure où sa vie sociale se réduisait uniquement à l'exercice de son métier. A l'exception de la pratique du karaté et de ses quelques éphémères relations intimes, qu'il s'interdisait d'imposer à ses progénitures. Force était de constater qu'il n'y avait aucune source probable dans ces deux domaines d'activité au corps-à-corps. Par conséquent, seule la piste professionnelle se démarquait inexorablement.

Au bout d'une heure de discussion, il quitta l'appartement après avoir transmis ses dernières recommandations.

---Vous direz à Edson de poursuivre sa mission de protection et qu'il ne s'attarde pas aussi longtemps à l'extérieur, la prochaine fois. J'ai vraiment besoin de vous savoir en sécurité pour poursuivre mes investigations le plus sereinement possible !

Blanco rendit une discrète visite de sécurité à Elena, au port de Nice, pour s'assurer que tout allait au mieux de son côté. Son regard, un instant complice, à la vue de son amant d'un trop court instant de circonstance, redevint rapidement professionnel devant le sérieux affiché sur le visage de son ex-coéquipier du périple roumain. Elle n'avait eu aucun retour de son escapade à Pitesti. Pour autant, elle avait constaté une tension plus vive chez ce salopard de Vasile, l'impitoyable proxénète du Vieux-Port. Elle craignait que le parrain, Alexandru, l'ait avisé du passage de Blanco en Roumanie et que Mirella, la maîtresse, l'ait identifiée. L'expérimenté commandant trouva le ton et les mots justes pour la rassurer.

---Tu sais, Elena, ce genre d'individu n'a aucun intérêt à rendre publique cette humiliation, qui plus est, à domicile. Sois persuadée qu'il va faire le ménage dans son entourage au courant de cet affront. Ce taré a certainement descendu sa favorite et ses deux sbires, dès mon départ de la prison.

---Tu crois ?

---J'en suis quasi-certain ! Tu dois conserver ton calme et ne pas oublier ma promesse. Dès que j'aurai terminé ma mission, je te débarrasserai de ce fumier de Vasile.

Peu avant minuit, Blanco se présenta chez Fatima. A peine entrouvrit-elle la porte d'entrée de son luxueux appartement de la Prom', qu'elle se jeta, en pleurs, dans ses bras. Un contact proche, magistrat à Tunis, lui avait annoncé l'assassinat de son ami policier, Karim.

---Tu te rends compte, nous avons été élevés ensemble ! Il était comme mon grand-frère que je n'ai jamais eu. Son père était le gardien de notre résidence principale et sa mère, notre gouvernante. Je n'y crois toujours pas ! Tu en as entendu parler, là-bas ?

Blanco répondit négativement d'un perceptible mouvement de tête. Elle continua avec plus d'insistance, cette fois-ci.

---C'est bizarre quand même, lorsque tu te rends quelque part, il se passe toujours quelque chose. As-tu participé à l'évasion de Mahmoud, à la caserne de Bouchoucha ?

Il ne perdit pas son aplomb et répondit naturellement, il avait devancé ces questions.

---Encore aurait-il fallu que je sache qu'il était incarcéré. C'est quoi cette affaire ? Non, c'est juste une coïncidence. Je suis allé là-bas uniquement pour récupérer une partie de ce que je recherchais, c'est tout. Au fait, ta voiture est dans l'entrepôt de ton père, à Ibn Sina. Merci encore.

La jolie tunisienne feignit de le croire et le sollicita avec habileté.

---Tu restes avec moi, cette nuit ? J'ai besoin d'être avec toi pour encaisser la mort de mon ami. Et je n'ai personne à qui parler, ici.

Blanco acquiesça avec compassion.

---Pas de souci. Je suis vraiment désolé pour Karim !

Fatima savait qu'il était inutile de questionner ce flic. Elle profita juste d'un peu de réconfort, cette nuit-là. Lui, ne trouva pas le sommeil, trop encombré par ce tortueux jeu de piste embrouillé. Il rythma son attente, jusqu'au milieu de la nuit, en alternant quelques séances réparatrices de sophrologie et son éternel questionnement sur l'invraisemblable énigme à résoudre. Qui ? Pourquoi ? Où pourrait se trouver sa fille ?

J moins 9.

A six heures, la charmante tunisienne palpa la place, déjà vide et froide, de son partenaire intermittent qui s'affairait, depuis plus de trois heures, dans son bureau de la caserne Auvare, en totale immersion dans le dossier du Sénégal. Les jours s'égrainaient, il ne lui en restait plus que neuf. Il devenait impératif de trouver la solution au plus vite et de gagner un temps précieux.

Mais il ne retrouva aucune trace d'Omar dans les nombreux fichiers exploitables, le commandant n'insista plus sur ce volet. Il lut, à plusieurs reprises, la procédure dans laquelle la solution devait figurer. Contrairement aux pistes roumaine et tunisienne, il était persuadé que la clé se trouvait dans le contenu du dossier.

En parlant de clé, et pourquoi pas aux entrepôts Shurgard à Nice-Ouest ? Omar, ou l'un de ses complices, aurait très bien pu y enfermer discrètement sa fille, en la dissimulant dans une voiture ? Peut-être dans la Mini-Cooper S qui restait introuvable ? De toute façon, c'était la seule piste que Blanco pouvait exploiter. Sans perdre un instant, Blanco dévala quatre-à-quatre l'escalier extérieur de son bâtiment, se râpant légèrement la paume de la main gauche sur la rampe bétonnée. Il partit, en trombe, à bord d'un sous-marin du service.

Une demi-heure plus tard, il était déjà posté, en planque discrète, aux abords de l'établissement de stockage. Il s'empêcha de brûler les étapes, pourtant ce ne fut pas l'envie qui lui manquât de fracasser ces foutus box, un à un. Non, par expérience, il savait qu'une surveillance s'imposait pour ne prendre aucun risque et protéger, ainsi, l'intégrité physique de sa fille. D'autant qu'il remarqua que l'agent de sécurité n'était pas celui avec qui il avait traité, lors de l'élucidation de la fameuse affaire du Dakar-boat.

L'inarrêtable défilement des heures stériles commençait sérieusement à amenuiser le moral du commandant Blanco. Déjà douze longs jours qu'il galérait. Tout ce temps perdu ! Et s'il faisait fausse route sur ce troisième volet ? Malgré tout, il persévérait. A ce stade, cet entrepôt représentait l'unique piste envisageable. En effet, il n'avait rien trouvé d'autre à se mettre sous la dent, dans les archives de la procédure du Dakar-boat.

Il se souvenait de l'heure de relève du gardiennage, à dix-huit heures. Avec un peu de chance, il s'agirait du gardien qu'il connaissait de l'affaire traitée l'année dernière. Déjà quatorze heures et rien de suspect n'avait attiré son attention. Il en profita pour passer quelques coups de fils, ici et là, pour tenter de faire avancer le dossier. Mais rien de nouveau, même pas de disponibilité de son cador de l'identité judiciaire qui ne reprenait sa permanence que le lendemain matin.

Sa persévérance fut récompensée. A dix-huit heures, il constata l'arrivée de l'agent de sécurité qui n'avait pas hésité à jouer franc-jeu avec lui, l'année précédente. Quelques minutes plus tard, Blanco prit contact avec lui. Ils se remémorèrent, succinctement, cette fameuse affaire de trafic de motos volées, avant que Blanco en vienne rapidement au fait. Lucio, le surveillant, n'avait rien remarqué d'anormal ces derniers jours. Il consulta tout de même la main courante et les réservations en cours, mais il ne décela aucune anomalie.

---Mais Commandant, que recherchez-vous exactement ?

---Je suis uniquement venu vérifier si quelqu'un a réservé un box aux alentours du 1er janvier.

Lucio ne constata aucune nouvelle réservation depuis la fin de l'année. Blanco persista, il sentait que la solution se trouvait ici. Il insista pour que l'agent de sécurité se renseigne, auprès du secrétariat, sur les derniers contacts téléphoniques. Que ce soit au sujet d'une éventuelle

100

réservation ou d'une récente annulation. Mais cette option resta également infructueuse.

Il n'en demeurait qu'une à exploiter. Blanco lui demanda de visionner les bandes d'enregistrement de la vidéoprotection de ces deux derniers jours. Au bout de deux heures de visionnage, un évènement de la veille, en milieu d'après-midi, attira leur attention. Ils constatèrent, effectivement, la visite d'un box, réalisée par un autre gardien de sécurité, en présence d'un étrange visiteur.

En effet, son visage semblait être volontairement dissimulé sous une capuche, lui recouvrant la tête jusqu'au-dessous des yeux, et, par un hijab noir et blanc, lui masquant le haut du nez jusqu'aux épaules. Blanco distingua uniquement, à partir d'une des mains qu'il sortît un instant de ses poches pour réajuster l'épais foulard, qu'il s'agissait d'un homme de couleur noire. Le signalement pouvait tout à fait correspondre à celui du fameux Omar. Cette thèse se renforça lorsque la vidéo révéla que le garage visité, correspondait exactement à celui qu'il avait utilisé l'année dernière pour entreposer les engins dérobés.

Aussitôt, Blanco courut à grandes enjambées en direction du box, sans jamais le quitter du regard. Toute la détermination se lisait sur son visage, l'immense espoir, aussi. Son flux sanguin s'accélérait au fur et à mesure qu'il s'en approchait. Sa fille se trouvait peut-être, enfin, à sa portée. Lucio ne comprit pas vraiment cet empressement si soudain et fut impressionné par la rapide sortie d'arme du commandant. Mais, sans réfléchir, tremblant d'excitation, il suivit le tempo pour déverrouiller et relever, au plus vite, la porte basculante du local.

On put lire l'immense désolation sur la figure du flic, qui faisait face au compartiment totalement vide. Il se redressa, lentement, de sa position semi-fléchie, et rengaina son arme dans son étui discret de hanche. Après quelques secondes d'étourdissement, il fit demi-tour, tête basse.

Mais, après quelques pas à la vitesse du paresseux, son instinct le stoppa net. Il fut brutalement parcouru par cet incompréhensible pressentiment qui l'habitait dans les moments clés de sa vie. Il fit volte-face et pénétra, à nouveau, dans le box que Lucio n'avait pas eu le temps de refermer. D'un geste fougueux, il en fit redescendre, d'un seul coup sec, la porte basculante.

Son sang ne fit qu'un tour à la vue d'une enveloppe blanche scotchée, à l'aide d'un ruban adhésif, au plafond du garage. Elle n'était pas apparente sur cette partie obstruée lorsque la porte coulissante était en position haute. Il la glissa discrètement dans sa poche, hors de la vue de Lucio, resté à l'extérieur. Il rouvrit l'accès et s'empressa de quitter les lieux, sous l'œil médusé du gardien, qui ne reçut aucune formule de politesse du commandant.

Assis dans le « soum », le souffle court, les mains tremblantes, il sortit délicatement, à l'aide de sa précieuse pince à épiler, la feuille de papier 21x29,7, pliée en deux, et en lut le message, écrit de la même main que les trois précédents.

GRAND MÔSSIEUR BLANCO !

WORLD IS SMALL ! TU AS EU RAISON DE NE PAS ALLER A DAKAR !

ATTENTION, PAS LE TEMPS D'EXPLORER LA PISTE DE LA MAFIA CALABRAISE ET CELLE

DE TES AMIS FLICS ! FAIS LE BON CHOIX !

« A CHACUN SA MORT » !

La lecture de ce quatrième message mit Blanco hors de lui, son cœur battait si fort, que sa cage thoracique menaçait d'exploser. Le visage perlant d'une sueur soudaine et malsaine, il frappa violemment le volant des deux poings et se lâcha complètement.

---Merde, merde, merde ! Les fumiers ! Je vais les crever !

Il lui fallut au moins cinq minutes pour recouvrer un semblant de retour au calme. Il garda, un long moment, les yeux fermés et la tête appuyée contre le haut du siège conducteur. La tension, qui avait atteint son paroxysme, redescendait peu-à-peu. Il se raisonna, enfin.

---Tu dois rester calme, mon vieux. Ce n'est pas le moment de perdre le contrôle. C'est précisément ce que recherchent ces salauds. Respire, respire, respire encore. Calme-toi. Réfléchis ! Pour l'instant, tu as parfaitement réussi tes difficiles missions en Roumanie, en Tunisie, et tu es parvenu à contourner celle du Sénégal. Finalement, ni le parrain roumain, Alexandru, ni le régime tunisien, ni Omar, le franco-sénégalais, ne sont à l'origine de cet odieux enlèvement. A l'évidence, ces fausses pistes étaient uniquement destinées à te mettre en difficulté, à amenuiser tes forces, dans le but de te faire perdre toute lucidité et, ainsi, de te donner, plus facilement, la dernière estocade.

Blanco savait, qu'à ce stade, il ne pouvait pas se tromper de cible ! Ce dernier message était suffisamment clair. Le temps restant était trop court, il devait faire le bon choix entre la piste calabraise et celle des flics véreux !

Il décida de revenir chez son beau-fils pour retrouver un soupçon de sérénité. Devant lui et ses deux fils, il devrait reprendre son calme. Ce qui lui permettrait de recouvrer ses esprits pour choisir la bonne filière. La vie de sa fille en dépendait. Il n'avait même plus le temps de s'épancher sur le triste sort que devait endurer la pauvre Mattéa.

De retour chez Edson, il se confronta, une nouvelle fois, aux regards angoissés de ses interlocuteurs, visiblement saisis d'un doute quant à l'issue de cet insoutenable calvaire. D'autant qu'il n'affichait pas l'assurance qui le caractérisait habituellement. Pourtant, il ne baissa pas la tête, ce n'était pas son genre, même si les traits de son visage trahissaient son profond et légitime tourment. Il alla droit au but.

---Voici la situation ! Je ne sais quels enfoirés sont aux commandes, mais il s'agit de personnes qui me connaissent incroyablement bien. Ils n'ignorent rien de mes enquêtes judiciaires traitées à Nice. J'ai, tout d'abord, été aiguillé sur une piste en Roumanie, relativement au réseau de Pitesti que j'avais démantelé en deux mille quatre, qui sévissait dans tout le sud de l'Europe. Puis, orienté en Tunisie, où, récemment, en octobre deux mille sept, j'ai mis la pression sur la belle-famille du président, au sujet d'un gigantesque trafic de voitures haut de gamme et utilitaires. Enfin, sur le gang sénégalais d'Omar et son réseau de motos volées, sur lequel j'ai bossé au début de l'année dernière. A chaque fin de mission, alors que je pensais m'approcher du but, un message comportant un nouvel indice, et donc une autre piste, m'était adressé.

Le commandant marqua un léger temps mort, devant les visages ébahis de ses trois auditeurs qui ne pipaient mot. Il reprit sa narration. En parlant au fil de l'eau, il caressait l'espoir qu'un nouveau paramètre, aussi minime soit-il, le mette sur la bonne voie.

---Maintenant, vu le peu de temps restant, je dois faire le choix entre la piste de la filière calabraise et celle des ripoux. Il faut connaître mes affaires dans les moindres détails pour pouvoir procéder aussi méticuleusement. La solution me crève les yeux mais j'avoue que l'adversaire est incroyablement coriace et magnifiquement organisé. J'ai la troublante impression qu'il mime mes propres méthodes ! C'est difficile à accepter mais, à l'évidence, l'attaque ne peut provenir que de mon ministère ! Si tenté qu'il ne soit pas à exclure, non plus, que la voie interne ait pu transmettre ces précieux renseignements à la mafia calabraise ! Dans ce cas, je pourrais être confronté à cette double opposition !

Les trois observateurs restèrent sans voix, puis Edson perdit, une nouvelle fois, son sang-froid.

---Mais je n'y comprends plus rien, Monsieur Blanco ! Vous avez toujours sorti habilement vos affaires, même les plus compliquées ! Et là, pour votre fille, vous ne trouvez pas la solution ! Je me répète, mais, êtes-vous certain de ne rien nous cacher ?

Blanco le fixa d'un œil noir, il commençait sérieusement à l'agacer mais il lui accorda le bénéfice de ces circonstances atténuantes. Edson manifestait une panique effroyable depuis qu'il apprît la disparition de sa chère et tendre. Il affichait beaucoup de nervosité et dormait à peine. Adam le recadra à nouveau, mais cette fois-ci, à la limite de l'empoignade.

---Si tu es meilleur que lui, retrouve-la, toi ! Je sais que tu es très affecté par cette affaire mais tu dois le respect à mon père, c'est déjà assez compliqué comme ça, pour lui !

Edson acquiesça d'un hochement de tête et quitta l'appartement pour se vider l'esprit. Adam surenchérit.

---Il me gave, padré ! Il est toujours en train de se plaindre ! Il ne cesse d'alimenter des doutes quant à tes compétences ! Pourtant, il ne se bouge pas le cul, excepté pour sortir se dégourdir les jambes et respirer, comme il le dit si bien !

---Essaye de rester calme, fiston ! Il est trop impacté émotionnellement !

---Nous aussi, Padré ! J'ai failli l'emplâtrer, hier soir ! Je ne sais pas si notre sœur pourra compter sur lui en cas de coup dur. Comme tu nous l'as enseigné, c'est dans la difficulté que l'on voit ce que valent réellement les gens. Il baisse sérieusement dans mon estime.

---Oui, je dois avouer que je m'attendais à une toute autre réaction de sa part ! Mais c'est comme ça, il faut faire avec ! Il a vraisemblablement reçu une éducation complètement différente de la vôtre !

Le jeune Hugo, qui, jusque-là, intériorisait son mal-être, prit fébrilement la parole.

---Il y a plus grave, Padré. Adam refusait que j'aborde le sujet avec toi mais je…

Adam lui coupa aussitôt la parole mais Blanco l'obligea à continuer.

---C'est pas simple et je risque de réveiller de vieux démons. Hier soir, Edson a posé bon nombre de questions au sujet de la mort de notre mère. Il sous-entendait, du fait qu'elle n'a jamais été retrouvée dans le torrent, que, peut-être, tu en savais davantage sur sa disparition que tu ne le disais. Et que l'enlèvement de Mattéa pouvait avoir un lien étroit avec cela. Je suis désolé de te le demander, mais est-ce le cas ?

Cette remarque ébranla littéralement Blanco. Il était loin de s'imaginer qu'on puisse douter de sa probité concernant ce dramatique accident de la route qui revêtait, il est vrai, tellement de questions sans réponses. Adam tenta de venir à sa rescousse, mais le commandant trouva la ressource nécessaire pour répondre.

---Ecoutez-moi bien, les garçons. Ce n'est pas un secret pour vous que notre relation de couple n'était pas au beau fixe. Inutile de s'éterniser dans des détails improductifs, mais, ôtez définitivement de votre tête que j'aurais pu être capable de vous cacher quoi que ce soit sur ce drame. Edson est complètement déstabilisé, il essaye de trouver une raison à cet incompréhensible kidnapping.

---D'accord, padré, excuse-moi. Mais, on ne sait jamais, n'occulte pas cette piste.

---Je te le promets. Mais j'avoue que je n'ai jamais considéré cette hypothèse. Je ne sais pas quoi en penser.

Bien que secoué par ces terrassants propos, Blanco raisonna ses deux fils et justifia cette tension en raison de l'extrême gravité de la situation. Il leur conseilla de garder leur confiance et leur calme, jusqu'au bout. Il reprit les commandes.

---Allez-vous coucher ! J'ai besoin de réfléchir à la nouvelle stratégie, il me reste à peine une semaine pour sortir Mattéa de ce merdier. Passez le bonsoir à Edson lorsqu'il rentrera, dites-lui de me faire confiance, et surtout, restez soudés. Il n'est pas impossible que mes adversaires comptent, aussi, sur une mésentente entre nous.

Blanco décampa pour se rendre à la caserne Auvare. L'interrogation d'Hugo lui taraudait cruellement le cerveau. Il était incapable d'entrevoir une corrélation entre la disparition de sa femme et l'enlèvement de Mattéa. C'était au-dessus de ses forces, il éprouva le besoin de s'oxygéner. Sa profonde déstabilisation fut interrompue lorsqu'il passa à proximité du port, et qu'il aperçut Elena, en grande discussion avec cet enfoiré de Vasile. Il attendit qu'il quittât les lieux. Puis, discrètement, il indiqua sa présence à la plantureuse roumaine. D'un mouvement discret du menton, elle lui indiqua habilement de la suivre jusqu'à son appartement. A peine Blanco avait-il franchi le seuil de la porte, qu'elle la reclaquât fougueusement derrière lui. Elle l'avisa, le souffle court.

---C'est chaud pour toi, Blanco ! Alexandru t'aurait mis un contrat sur la tête, dixit Vasile ! Mais aucun motif n'a été évoqué !

---T'inquiète, Elena ! Je vais m'occuper d'Alexandru dès que j'aurai terminé ma mission ! Tu dois me faire confiance ! Fais semblant de renseigner tes compatriotes du secteur. Dis-leur que tu m'as vu dans les parages, ce soir, à bord de ce véhicule. J'imagine que tu as déjà relevé la plaque d'immatriculation !

---Oui, j'ai le numéro. Et après ?

---Je vais m'arranger pour faire interpeller Vasile par mes hommes. Une heure plus tard, je le ramènerai, en personne, sur le port, en présence de tes collègues du secteur. Je le déposerai sur le quai Cassini, en face de la place de l'île de beauté.

---Ah ! Je vois, bien joué.

---Tu n'auras plus qu'à t'assurer que la rumeur se répande dans ton milieu. Ainsi, il passera pour ma balance. Connaissant ce taré d'Alexandru, inutile de te dire qu'il fera, efficacement, son propre ménage. Ensuite, je m'arrangerai avec lui, en échange de mon silence sur l'escapade roumaine, pour que tu sois à la tête du secteur.

Elena enserra fortement Blanco qui se dégagea rapidement de l'étreinte, pour disparaître aussitôt. Il devait se rendre immédiatement à son bureau. Là-bas, il pourrait réfléchir en toute tranquillité à la suite à donner à cet inextricable jeu de piste. Malgré cette invraisemblable éventualité d'un lien de causalité avec la disparition tragique de sa femme, il devait faire le tri sur ces deux affaires, qui l'avaient opposé au milieu mafieux calabrais et à certains de ces flics du service « particulier ». Elles restaient les deux seuls indices de la dernière missive anonyme. Il devenait urgent qu'il trouve une orientation définitive.

Chapitre 6

Pendant ce temps, sa jeune et jolie fille, typée hispanique, Mattéa, subissait un véritable calvaire, heureusement fortement atténué par les injections intraveineuses de Propofol qui l'anesthésiaient dangereusement.

Depuis son enlèvement, elle était séquestrée dans une pièce enténébrée, froide et suintante d'humidité, les pieds nus posés à même le sol glacé, assise en permanence sur une chaise en bois sans fond, au-dessus d'un regard d'évacuation des eaux.

Ses membres y étaient solidement attachés au moyen de colliers serflex en plastique. Ces liens étaient tellement serrés qu'ils lui arrachaient davantage, à chaque mouvement, la peau des poignets et des chevilles. Lesquels étaient reliés entre eux, sous le siège, par une corde synthétique.

Une épaisse chaîne en acier, solidement attachée à un énorme crochet métallique fixé au plafond, lui enserrait la gorge, au point de la blesser et de ne lui laisser passer qu'un infime filet d'air pour respirer. Une perfusion dans le bras gauche l'hydratait et l'alimentait, autant qu'elle l'anesthésiait. Elle portait, en permanence, un épais sac noir en toile de jute, à l'odeur si désagréable. Sa bouche était neutralisée par un bâillon, comme si cela s'avérait encore nécessaire.

Dans son malheur, elle avait la chance, si l'on put dire, de ne pas sembler se rendre compte de son dramatique sort, tant la dose médicamenteuse la tenait amorphe en quasi-continu. Elle présentait, parfois, mais fort heureusement, rarement, quelques dérisoires éclairs de lucidité qui pouvaient lui faire ressentir, un tant soit peu, sa mauvaise posture. Notamment, ses escarres fessières qui atteignaient déjà le stade trois. Cette sensation douloureuse s'évaporait rapidement en raison des injections fréquentes de cet efficace anesthésique général intraveineux, mais de relative courte durée d'action.

Dans ces courts instants d'éveils sibyllins, son corps, très affaibli, frissonnait autant de froid que d'effroi. Elle tentait de bander ce qu'il pût lui rester de tonicité musculaire pour, vainement, essayer de se détacher. Quand bien même, elle était consciente de ne plus en posséder la force. Elle ne se rappelait aucun souvenir de ce qui l'avait menée ici.

Elle ne percevait aucune notion, ni du jour ou de la nuit, ni de la localisation de l'endroit où elle était emprisonnée, ni du ou des auteurs de sa séquestration et, encore moins, des justifications de celle-ci.

Elle se surprenait, parfois, à espérer l'arrivée du ou des visiteurs anonymes qui lui administraient, régulièrement, de nouvelles doses d'anesthésiant. Il ou ils ne parlaient jamais, ne respiraient à peine, ne manifestaient aucune attention particulière à son endroit. Si ce n'était la volonté farouche de la maintenir subtilement entre la vie et la mort.

Une seule fois, elle sortit, plus ou moins, de son état léthargique, en raison de la désagréable sensation produite par un jet d'eau glacée qui lui parcourut le bas-ventre, par le dessous de la chaise en bois, sans fond. Elle entendit, sous elle, l'eau s'écouler, avec le glouglou si particulier d'un syphon, dans une sorte d'égout, ainsi qu'un semblant de bruit de fond de flot de voitures.

Au cours de cet unique laps de temps d'infime lucidité, elle implora son père de venir la libérer, tout en souhaitant, en désespoir de cause, de ne jamais se réveiller. Mais, inconsciemment, son état de grossesse devait sans aucun doute lui procurer la force de se battre.

Elle ignorait totalement les raisons de cet enlèvement-séquestration. Peut-être fallait-il chercher du côté de son paternel, qui se battait toujours contre vents et marrées. Mattéa, qui avait hérité de son flair légendaire, restait, malgré tout, persuadée qu'il viendrait la sauver, tôt ou tard.

Dans la vie courante, elle était dotée d'une perception à la limite du paranormal, sans doute héritée de son père. Inconsciemment, elle avait surdéveloppé cette sensibilité hors norme, qui lui révélait régulièrement ce que le commun des mortels ne pouvait apercevoir ou percevoir.

Lors de son semi-coma, elle rêva souvent de scènes de son passé en famille, de l'absence de son père, accaparé par son boulot de flic. Mais, surtout, de la disparition trop subite de sa mère, qu'elle vît revenir de l'au-delà. Elle vécut aussi la naissance de jumeaux, devant les yeux humides de son tendre amoureux, Edson.

A l'inverse, parfois, elle fut sujet à d'horribles cauchemars dans lesquels son père se faisait abattre, devant elle, par d'anciens criminels qu'il avait fait incarcérer. Une autre fois, plus étrangement, elle cauchemarda, spectatrice d'un point de vue imprenable de la côte, sur des invasions maritimes de flottes ennemies.

Elle paraissait déjà très amaigrie, sa grossesse ne tenait plus qu'à un fil en raison du risque majeur provoqué par les injections répétées de Propofol.

La chaîne et les serflex aggravaient de plus en plus ses lésions cutanées au niveau du cou, des poignets et des chevilles. Sans parler des escarres qui se creusaient davantage sous les fesses.

Son état léthargique l'empêchait de ressentir la douleur mais les plaies commençaient à s'infecter sérieusement. Un liseré de sang coulait lentement le long de son cou. Sa course était stoppée à la base du col de son t-shirt, sur lequel se dessinait distinctement un nuage rouge grandissant très lentement.

Ses jours, et ceux de sa grossesse, étaient comptés. Et que dire de cette étrange et déstabilisante sensation que sa défunte mère rodait auprès d'elle.

Ce troublant sentiment l'effrayait plus qu'il ne la rassurait…

Chapitre 7

J moins 8.

Dans son bureau, à l'heure où l'imperturbable calendrier progressa inlassablement d'une unité supplémentaire, Blanco s'affala dans son grand fauteuil et se prit la tête dans les mains, toujours très secoué par l'hypothèse avancée par son fils, Hugo, au sujet de sa mère disparue. Il maîtrisait maintenant la fulgurance des omniprésentes poussées d'anxiété, mais devait absolument estomper la rage qui neutralisait ses neurones. Une petite séance de sophro s'imposa pour qu'il recouvre une relative sérénité. Le quinze janvier sonnait déjà à sa porte, il ne lui restait plus que le bref délai d'une semaine pour sauver sa fille.

Durant une grande partie de la nuit, il fit le point sur ces deux affaires complexes, seuls indices clairement définis sur le dernier message découvert aux entrepôts Shurgard. A priori, il fallait chercher le ou les kidnappeurs au sein de ces deux organisations. Normalement, à la vue du contenu des missives et de la surprenante parfaite connaissance de ses affaires judiciaires traitées à Nice, il eût été logique d'orienter la piste uniquement à l'endroit du service de police ennemi.

Ce fameux groupe, localisé à l'écart de la caserne, aurait dû faire partie de son unité de la sûreté départementale. La gestion de cette brigade controversée restera toujours énigmatique. Tant d'indications judiciaires y fuitaient, qu'une organisation extérieure, comme la mafia calabraise, aurait pu y glaner tous les renseignements utiles pour le manipuler, ainsi. D'ailleurs le capo calabrais n'y avait-il pas été aperçu à deux reprises, avant sa cavale ?

A l'évidence, on cherchait à le fatiguer, à lui faire perdre confiance et lui ôter toute sa crédibilité durement acquise, ici, depuis ces trois dernières années de dur labeur. Dans un premier temps, ne pouvant se permettre de négliger aucune option, il ressortit l'archive de l'affaire des italiens pour tenter d'y trouver une potentielle orientation. En deux mille six, la côte méditerranéenne était en proie à une évolution croissante d'home-jacking ciblant des villas et appartements de luxe. D'ailleurs, vu l'ampleur du phénomène, la gendarmerie avait déployé les grands moyens en créant la fameuse cellule « Marina », basée dans le département du Var. Cette structure provisoire comptait un effectif impressionnant de quatre-vingts hommes, répartis dans différentes villes bordant la côte d'Azur.

Mais, les malfaiteurs avaient eu la mauvaise idée, de s'approcher de trop près du secteur de prédilection de Blanco et de ses hommes du groupe auto. En effet, ils tapaient une flambante Ferrari 360 Modena, dans une somptueuse villa du Cap d'Antibes, et un coupé W12 Bentley GT, dans l'opulente commune de Saint-Jean-Cap-Ferrat. Quelques nuits plus tard, alors qu'il partait à la chasse au renseignement, Blanco était mis au parfum par un « tonton » de poids dans le domaine automobile. La piste serbo-calabraise était clairement avancée.

---C'est du solide, Blanco. Ce ne sont pas des tendres. Ils écument tout le sud de la France. Ils ne laissent pas le moindre os à rogner. Ça commence à râler dans les chaumières, mais personne n'ose bouger.

---Qu'ont-ils de si effrayant ?

---Ce sont d'impitoyables guerriers de l'ex-Yougoslavie. Ils ne craignent pas la mort ! De plus, ils ont le

115

soutien d'un capo calabrais de la Ndrangheta. Rien à voir avec la Cosa Nostra ou la Camorra. Tu connais.

---Ok, je comprends mieux ! Comment as-tu été mis au parfum ?

---Grâce au seul problème qu'il rencontre dans la logistique de l'écoulement des voitures de luxe. Leur boss italien a fait appel à mes lumières !

---Que comptes-tu faire ?

---Ce que tu me diras. J'attendais ton feu vert.

---Ok ! Tu joues le jeu ! Mais je dois savoir où sera entreposée chaque voiture volée pour la saisir avant la transaction transalpine.

---Ça marche, Blanco ! Tu peux me faire confiance, je ne toucherai à rien !

L'informateur avait pris soin de lui préciser que ces serbes étaient principalement spécialisés dans les cambriolages de villas ou appartements haut de gamme, visant, essentiellement, l'espèce, l'or, les bijoux, voire d'autres objets de valeur. Ils répondaient à une commande permanente, émanant d'Italie. En ce sens, c'est dans le registre de l'écoulement des voitures de luxe volées opportunément, ne correspondant à aucune demande expresse, que son agent de renseignement avait été démarché par ce mafioso calabrais, un des capos délocalisés de cette organisation mafieuse.

Ce relativement récent mode de fonctionnement ne surprenait plus. Depuis quelques années, il devenait commun de constater des alliances entre différentes mafias.

Les arabes s'alliaient parfois aux gitans, eux-mêmes s'associant quelquefois aux corses, lesquels signaient également quelques pactes avec les albanais, notamment dans le montage de cercles de jeux à Paname. Le grand banditisme connaissait un brutal chamboulement, bousculant progressivement la hiérarchie et les codes d'honneur devenant obsolètes. On assistait, là aussi, à une accélération exponentielle de la mondialisation des échanges, ce qui avait pour effet immédiat, en général, de corser le travail des policiers.

A contrario, Blanco, fidèle à son adage favori « s'adapter ou périr », profitait de cet affaiblissement d'homogénéité et, surtout, de cette détérioration d'étanchéité. L'appétit féroce des jeunes gangsters, impatients de sauter les échelons, favorisait les fuites dans le « milieu ». Ce commandant chevronné savait en tirer profit, y injectant lui-même, « régulièrement », de fausses rumeurs pour fragiliser ces associations.

Il en fut ainsi dans cette solide et hermétique organisation serbo-calabraise, dans laquelle le capo italien organisait le ciblage des logements de luxe pour les Serbes, puis écoulait leurs larcins directement en Italie. Mais Blanco allait profiter de la faille dans l'autre alliance gitano-franco-calabraise, uniquement sollicitée pour écouler les vols d'opportunité des voitures haut de gamme, commis par ces mêmes ressortissants de la Serbie.

S'agissant d'un volet très spécialisé, le capo calabrais avait jugé utile de faire appel à un ténor en la matière, ignorant qu'il s'agissait d'un des informateurs principaux de Blanco. C'était un incontournable dans ce domaine, notamment pour écouler ces luxueux bolides à destination d'un autre mafieux du nord de l'Italie, un parrain milanais, qui se refusait à une quelconque alliance avec l'Italie du sud, et *vice versa*, à cause d'une vieille querelle intestine. Ce dernier bénéficiait du protectorat des plus hauts représentants piémontais. Il représentait, sans aucun doute, la plus grosse plaque tournante de trafic de véhicules haut de gamme au monde. Blanco œuvrait sur ce dossier depuis plus d'un an.

Il usait d'une astuce atypique, propre à lui, pour obtenir, en toute discrétion, les numéros de plaques d'immatriculation des véhicules utilisés par les malfaiteurs. Son indic stationnait toujours une de ses voitures dans la rue Emmanuel Philibert, en bas du domicile d'une de ses maîtresses, à proximité du port de Nice. Au moyen d'une méthode exempte des manuels de la police et de la voyoucratie, il inscrivait, sur la vitre côté conducteur, les types et numéros des véhicules utilisés pour commettre les différents larcins.

Le concept discret était d'une simplicité enfantine. Ce message était écrit, sur le support vitré, uniquement à l'aide du film gras naturel de son index. Le lendemain, il suffisait à Blanco de relever ces précieuses informations, le plus facilement du monde, en expirant un petit nuage de buée sur la vitre. Ainsi, les inscriptions apparaissaient clairement et le tour était joué, aussi simplement. Cette idée avait germé de sa réflexion, en s'inspirant du mécanisme du relevé d'empreinte digitale. Il fallait juste y penser, et ça ne laissait pas de trace…C'est aussi aisément qu'il relevait le type de voiture, ainsi que son numéro de plaque minéralogique et la couleur du véhicule, utilisé par ce gang serbe. Une Fiat Uno de couleur bleue, immatriculée en Italie, qui se fondait sobrement dans le décor.

Avec la chance qui lui collait souvent à la peau, deux soirs plus tard, vers vingt-deux heures, alors qu'il convergeait vers un lieu d'interpellation, sis boulevard de la Madeleine à Nice, dans le cadre de la fameuse affaire des incendies de la corniche de Magnan, ce satané véhicule le doublait sur la promenade des Anglais. Blanco hallucinait puisqu'il était en train de l'évoquer avec Tiger, son passager avant droit. Pour ne pas éveiller les soupçons du trio d'occupants, il commandait, via la salle d'information et de commandement, un semblant de contrôle aléatoire de cette voiture par une patrouille de police lambda. La vérification s'effectuait, sans encombre, dans la station essence de la Prom'. Ainsi, Blanco glanait, le plus confidentiellement possible, l'identité des trois ressortissants serbes. L'agent spécial n'en croyait pas ses yeux.

--- J'y crois pas, Blanco ! Alors que tu me parles de cette voiture, elle apparaît, là, devant toi, comme par le Saint-Esprit ! Pareillement à la dernière fois, sur l'autoroute en direction de Cannes, lorsque tu parlais d'Hornec, le grand parrain gitan de la région francilienne ! Au même moment, l'une de ses BMW nous doublait sur la droite !

Il n'obtenait, pour seule réponse de Blanco, qu'un léger sourire, souligné d'un clin d'œil de circonstance. Pour la petite histoire, le flic poursuivait son chemin pour arrêter les incendiaires de la corniche de Magnan, assisté d'un autre véhicule de son groupe, armé du fameux duo « Le Parrain/Gabio ». A préciser que la loyauté de ce binôme ne fût jamais entachée à l'endroit de Blanco, malgré des circonstances parfois controversées. Du moins, comme certains détracteurs peu scrupuleux voulaient les faire paraître.

A cette époque, il prenait l'option de traiter cette affaire franco-gitano-serbo-calabraise, en étroite collaboration avec la Brigade de Recherche (B.R.) de la Gendarmerie de la Caserne Naud, jouxtant celle d'Auvare. Pourquoi ce choix, alors qu'il était détenteur de l'identité des cambrioleurs serbes, de la paire gitano-française et du cerveau calabrais ? Tout simplement parce qu'il planchait déjà, en temps réel, sur une centaine d'affaires, avec sa douzaine de procéduriers. Sa logistique, pourtant bien léchée, atteignait ses limites. Il aurait été dommage de bâcler une telle affaire.

Il savait que ce deal lui serait plutôt favorable puisqu'il était entendu que cette association s'appuierait entièrement sur les moyens logistiques mis en place par la B.R., en matière de surveillances téléphoniques, filatures, et *tutti quanti*. Cette brigade de gendarmerie traiterait les cambriolages et le groupe auto hériterait de l'exclusivité du traitement des procédures relatives aux voitures volées. Les gendarmes n'y trouvaient rien à redire, conscients et reconnaissants de bénéficier des précieux renseignements de ce flic averti.

A l'image des bandes de malfrats, Blanco contractait, lui aussi, des alliances avec d'autres entités, notamment avec les douanes et, comme ici, parfois, avec la gendarmerie. Mais malheureusement, quasiment jamais avec d'autres services de police dans lesquels régnait une défiance plutôt surprenante à son endroit, à l'exception du fameux groupe des « furtifs » des Richard, Daniel, Rémy, Jean-Mi et autres.

Des renseignements communiqués par Blanco et ceux glanés par la B.R., le coup de filet se révélait quasi-parfait. Excepté le cerveau calabrais, toute sa famille, femmes et hommes, ainsi que son environnement, étaient placés sous mandat de dépôt. Surprenant tout de même qu'il ait eu le nez assez fin pour échapper, à la dernière seconde, à l'arrestation. Pourtant, les fins limiers de cette brigade de pointe de la gendarmerie avaient fait preuve de la plus grande discrétion dans l'élaboration de cette enquête.

Blanco suspectait une source policière d'avoir alerté le mafieux, mais n'en détenait pas la preuve. Il s'agissait sans doute du fameux service de police « particulier », dans lequel avait été aperçu le capo calabrais. Quoi qu'il en soit, grâce à la stratégie de ce flic et au travail minutieux de la brigade de recherche de la gendarmerie, tout le réseau était mis sous les verrous, jusqu'aux parents et la femme du capo ; en fuite, lui.

Alors, était-ce pour cette raison que ce Calabrais aurait kidnappé, ou fait enlever, sa fille, pour détenir une monnaie d'échange en vue de la libération de ses proches ? Il y avait en effet le mobile. Mais, dans cette hypothèse, pour quelle raison n'en serait-il pas venu directement au fait, fidèlement aux us et coutumes de la Calabria Ndrangheta ?

Cette structure mafieuse de la région de Calabre, au sud de l'Italie, était l'une des plus puissantes et violentes organisations au monde. Son mode de fonctionnement était difficile à cerner dans la mesure où elle ne comptait aucun repenti d'envergure. Elle avait abandonné son activité liée aux enlèvements dans les années 80, pour s'allier aux cartels colombiens et mexicains. Rien que sa puissance financière, estimée à plus de cinquante milliards d'euros, aurait suffi à trouver un arrangement auprès d'un magistrat « approché ». Pour lequel il aurait été aisé de mettre en exergue un vice de procédure et, *a minima,* faire libérer la femme et les parents du capo.

L'argent de cette organisation mafieuse entrait avec une telle facilité dans l'économie mondiale, avec à sa solde une multitude de courtiers, d'avocats, de comptables lui garantissant le blanchiment et le réinvestissement de son argent, dans des hôtels, des restaurants, des pizzerias, des domaines immobiliers ; jusqu'aux bouts de journaux ou de télévisions susceptibles d'influencer la pensée.

La récente affaire de Duisbourg, en Allemagne, en août deux mille sept, où six Italiens étaient froidement assassinés, laissait augurer suffisamment la détermination et la puissance de feu de cette mafia pour contourner, sans encombre, ce type de désagrément.

Non, finalement, cette orientation ne collait pas pour Blanco. Ça manquait réellement de cohérence. Le capo calabrais, toujours en fuite, n'aurait pas fait diversion sur les filières roumaine, tunisienne et sénégalaise, au risque de le faire arrêter ou tuer dans ces pays, et ainsi, perdre l'unique monnaie d'échange pour faire libérer ses proches. En effet, si tel avait été le cas, ce fin limier aurait très certainement été instrumentalisé par ce réseau, pour être l'inventeur direct d'une éventuelle erreur de procédure. Ainsi, Mattéa lui aurait été remise, en échange de bons procédés.

Il se décida finalement à abandonner définitivement cette fausse piste. Une nouvelle fois, le ou les ravisseurs pensaient peut-être, qu'à ce stade, son état de fatigue et son manque de lucidité lui auraient fait perdre un temps précieux et de l'énergie, en se jetant aveuglément dans cette voie sans issue. Heureusement, malgré l'ouragan ravageant sans cesse ses neurones, il parvint, à garder la tête aussi froide que possible. Péniblement, il trouva un léger sommeil réparateur de quelques minutes, enseveli dans son grand fauteuil, avant de se lancer, avec toute la détermination qu'on lui connaissait, sur cette épineuse piste policière qui restait la dernière à exploiter. Même si le fantôme de sa défunte l'encombrait.

C'est un cauchemar qui le réveilla en sursaut, vers six heures. Le souffle court, il tremblait de tout son long, ruisselant de sueur. Il venait d'assister à d'horribles tortures administrées à sa fille, dans une sorte de cave, par ce qu'il crut être une femme au visage flouté. Une horreur ! C'était insupportable ! Il se frictionna énergiquement le visage et alla se l'asperger d'eau froide, au-dessus du lavabo des toilettes situées dans ce long couloir. A cet instant, il se sentit très seul face à son destin et celui de Mattéa. Le commandant Blanco savait qu'il ne pourrait compter que sur lui-même. Il se fixa quelques instants dans le miroir en s'invectivant. Il eut peine à retrouver un souffle régulier.

La dernière semaine allait s'écouler trop vite et, surtout, il voulait mettre fin au calvaire que devait endurer sa progéniture. N'ayant plus une minute à perdre, il se replongea, aussitôt, dans cette adversité malsaine qui l'opposait à ce service de police « particulier ». Il était fort à parier que ce groupe controversé, qui bénéficiait d'une certaine influence sur la hiérarchie locale, n'était pas étranger au mauvais accueil réservé à Blanco lors de son affectation à Nice, en octobre deux mille un. Et ce, malgré quatre superbes années en Guadeloupe, auréolé d'un beau palmarès au cours de ses seize ans de bons et loyaux services.

A contrario du deal contracté entre son ancien grand patron de Guadeloupe et son nouveau directeur départemental des Alpes-Maritimes, pour mettre fin au violent fléau de vol-à-la-portière qui sévissait dans la région, il fut, contre toute attente, « placardé » pendant trois longues années. Sans doute que son tableau de chasse avait effrayé une certaine partie de sa hiérarchie. Mais allez savoir pourquoi ? Relégué à la tête d'un service de petit traitement judiciaire, il avait le sentiment de faire un bond en arrière de dix ans. D'ailleurs, prônant indéfectiblement le respect des codes d'honneur, s'estimant trahi par ses pairs, il envisageait sérieusement de démissionner.

Fort heureusement, juste avant qu'il ne range définitivement son arme au fourreau, il était remis en selle en deux mille quatre, par un commissaire divisionnaire qui suivait son parcours depuis plusieurs années. Celui-ci était en charge, à la direction centrale de la sécurité publique à Paris, d'analyser les affaires dites sensibles auxquelles étaient confrontés certains policiers dans l'exercice de leur fonction. Celles de Blanco étaient, sans aucun doute, les plus marquantes qu'il dût analyser. Quelques semaines après sa nomination au commissariat central à Nice, ce nouveau « patron » sortait ce flic du placard en lui permettant de créer son propre groupe d'investigation auto. Ce dernier savait, qu'à partir de cette matière, il tisserait rapidement une infrangible toile couvrant tous les domaines de la délinquance.

Depuis le début du XXème siècle, la voiture représentait l'outil incontournable dans le milieu du grand banditisme ; que ce soit dans les domaines de la prostitution, du trafic de stups, du braquage et autres activités criminelles. De plus, cette matière exigeait une organisation et une intelligence de jeu supérieures à la moyenne pour gérer le trafic de voitures, à proprement parler. Blanco apprit vite, à ses dépens, qu'il allait déranger du beau monde dans la Région, notamment, via ce service particulier de la Sûreté Départementale.

Un doux soir de printemps deux mille cinq, à proximité du magnifique port de Nice, il surveillait un container douteux, en compagnie d'une charmante « bénévole » au doux parfum de la Martinique. Quoi de plus discret qu'un couple d'amoureux pour « voir sans être vu » ? Un cador, issu du grand banditisme, désireux de se venger d'une entourloupe de « proches », se présentait à lui et l'informait de ce fameux réseau tunisien évoqué précédemment. Blanco mettait toute son équipe sur le pont pour, notamment, surveiller les deux principaux organisateurs des vols, voire d'escroqueries, de voitures haut de gamme à destination de la Tunisie. Un gitan sédentarisé de la région et, surtout, le « Français », qui avait gravité dans le « milieu » impliqué dans l'assassinat de Yann Piat, le 25 février 1994 à Hyères. Lâchement abattue, sans doute en raison de son engagement à l'endroit de la corruption qu'elle dénonçait en Provence-Alpes-Côte d'Azur.

Comme dans quasi toutes les enquêtes d'envergure, il briefait ses hommes quant aux risques, malheureusement habituels, d'approches externes, voire internes, auxquels ils allaient s'exposer. Par expérience, Blanco assurait ses arrières, grâce à ses contacts douaniers qui gérèrent certaines surveillances téléphoniques qu'il qualifiait de « délicates ».

Rapidement, l'une d'elles se révélait concluante, ce qui confirmât les suspicions de malveillance de certains effectifs de ce fameux service de police excentré. Le douanier Malco, ainsi surnommé dans le « milieu », un fin limier de la

Direction Nationale des Opérations Douanières, informait Blanco que l'un des téléphones qu'il suspectait, venait déjà de s'activer. Un policier du service controversé était sollicité par un bandit de grande renommée dans le milieu automobile.

Au cours de cet échange téléphonique, ce flic, peu scrupuleux, balançait, très clairement, le numéro d'immatriculation, 51 ASS 06, d'un des véhicules automobiles du groupe auto, en planque sur l'un des objectifs prioritaires. Comme Blanco s'en doutait, l'enquête, à peine initiée, fuitait déjà. D'ailleurs, l'informateur de haute volée disparaissait subitement de la circulation pour se mettre à l'abri sur l'île de beauté ; bien que n'en étant pas originaire.

Après la pause méridienne, hors cadre officiel, en présence de son adjoint, Blanco cuisinait cet officier de police qui finissait par reconnaître avoir fourni cette information. Il était contraint, au bénéfice du silence de son indiscrétion, de prendre le large sur cette affaire…

Au cœur de l'après-midi, Blanco, par souci de transparence et de loyauté, en avertissait le juge d'instruction du tribunal de grande instance à Nice, qui ne semblât pas surpris.

---Ah, Capitaine ! Mais tout le monde le sait, ici ! Continuez vos investigations comme si de rien n'était. On ne changera pas les choses. Elles étaient en place à mon arrivée, elle le seront toujours à mon départ.

Ces propos inattendus laissaient Blanco, pantois, espérant qu'il ne s'agissait que d'une capitulation candide du magistrat instructeur. Cet incident déclenchait, en fin de journée, la foudre de l'un des commissaires de police de la Sûreté Départementale.

---Le juge est un ami. Vous croyiez qu'il n'allait rien me dire ? Nous aurions dû laver notre linge sale en famille !

---Mais, Commissaire, vous savez qu' il s'agit du juge mandant. La commission rogatoire est une délégation de pouvoir. Travaillant en son nom, j'étais dans l'obligation de l'en avertir. Et vous parlez de quelle famille ? On ne m'a pas fait de cadeau, ici, depuis mon arrivée ! Vous vous débrouillerez avec vos petits protégés lorsqu'ils tomberont.

Le ton était donné, Blanco savait que les malfrats étaient avertis, qu'il allait avoir ces « informateurs » de flics sur le dos et, de surcroît, qu'il ne faisait pas partie des petits papiers de sa hiérarchie. Bref, tous les vecteurs viraient au rouge vif, rien de surprenant pour ce flic qui ne craignait pas l'affrontement. « La peur n'évite pas le danger ! » comme il se plaisait à dire.

Entêté, il poursuivait tout de même ses investigations sur le plan régional, mais abandonnait, momentanément, la partie recel de vol perpétré sur les sols italien et tunisien. Il dut faire preuve de nombreux subterfuges pour brouiller les pistes et, surtout, protéger un binôme de son groupe, excédé par cette affaire de fuite.

En effet, deux anciens de la Crim' qui avaient ardemment souhaité gonfler les rangs de son groupe auto, Gabio, le Nissart, et Mickey, le Marseillais, de surveillance à bord de la Peugeot 206 grise, 51 ASS 06, avaient fait l'objet d'intimidation de la part de quatre individus de l'entourage des objectifs. Cette menace était le corollaire de la fameuse communication téléphonique interceptée par les écoutes douanières.

Quelques semaines plus tard, un dimanche matin, ce commissaire de police avisait Blanco que la « balance » policière était placée sous les verrous dans le cadre d'une autre affaire, apparemment pour être l'auteur, cette fois, d'un vol de numéraire lors d'une perquisition. Mais Blanco n'était pas dupe, il savait que c'était l'arbre qui cachait la forêt et devait redoubler de vigilance.

D'autant que des sources extérieures l'avisaient que certains membres du service particulier préconisaient au « milieu », via un gitan dit le « tatoué » et un calabrais, de balancer son nom dans toutes les prochaines affaires judiciaires traitées en audience publique au Palais de Justice à Nice, contre rémunération. Etonnement, toujours en présence du même représentant du ministère public, un substitut du procureur qui venait subitement de retourner sa veste. Ces flics « véreux » voulaient la tête du commandant Blanco, coûte que coûte, et mirent en action tous leurs réseaux d'influence dont ils bénéficiaient du soutien inconditionnel.

En ce début du mois de janvier deux mille huit, Blanco se battait toujours contre cette puissance obscure. Il était quasi certain, maintenant, qu'il s'agissait des responsables de l'enlèvement de sa fille. Car les indices, trop précis, transmis lors des messages anonymes depuis quinze jours, ne pouvaient provenir que de source policière. Il écarta la piste peu probable émise par son fils, Hugo, au sujet de sa mère. Ce qui le soulagea d'un poids dont il se serait bien passé, comme s'il n'en suffisait.

Ainsi, ces ripoux détenaient, sans doute, leur monnaie d'échange pour négocier le départ de l'empêcheur de tourner en rond. D'autant que sa nouvelle promotion au grade de commandant lui offrait encore plus de poids sur l'échiquier judiciaire niçois. Ce mobile semblait tenir la route.

A cet instant, des envies de meurtre l'envahirent. Mais, il dut garder raison pour ne pas occulter ses chances de retrouver Mattéa et mettre, enfin, un terme à son calvaire. Malgré tout, il fut tout de même soulagé à l'idée que ces ripoux ne détenaient aucune raison de la descendre. Sans doute voulaient-ils lui faire étalage de leur puissance de feu, par la mise en scène de ce jeu de piste invraisemblable, uniquement dans le but de rendre son départ non négociable.

Mais, comment ces salauds avaient-ils osé s'en prendre à sa fille ? Ils devaient toucher du « lourd » pour être contraints de prendre un tel risque ! L'enjeu semblait de taille ! C'était sans doute pour l'une de ces raisons déviantes que Blanco avait été placardé, dès son arrivée à Nice !

Il touchait du doigt la résolution de l'énigme et s'attendait à une cascade de surprises plus inconcevables les unes que les autres. Blanco combattait en permanence la délinquance et, surtout, le grand banditisme où les codes d'honneur étaient encore un peu respectés. En revanche, il ne pouvait supporter qu'un flic franchisse la ligne interdite. C'était trop facile de jouer sur les deux tableaux. Pour le commandant, le ripou devait choisir son camp.

Mais, alors qu'il allait se lancer à corps perdu dans cette dernière bataille, un nouvel élément impensable allait définitivement l'en écarter...

129

Chapitre 8

La sonnerie de huit heures retentissait à peine que la fourmilière de son service se mît machinalement en mouvement. Encore un peu trop scolairement à son goût, bien que les habitudes évoluassent peu à peu.

Immergé dans le dossier des « ripoux », il fut soudainement surpris par la brusque ouverture de la porte de son bureau. C'était son cador de l'identité judiciaire, le roi du relevé d'empreinte papillaire, qui pointait le bout de son nez effilé. Jean-Paul flirtait avec la cinquantaine, le crâne un peu dégarni, pas très grand, assez mince, le visage allongé dont le teint était plutôt terne. Il n'appréciait guère s'exposer à la lumière, que ce soit au sens propre comme au sens figuré. C'était un brigadier-chef qui briguait son grade de Major. Il était peu bavard. Il n'affichait pas une grande confiance en lui mais, *a contrario*, faisait toujours preuve d'une grande efficacité. C'était, bien là, le principal pour le travail dans l'ombre qu'on lui demandait.

---Oh ! Désolé, Commandant ! Je sais que vous êtes en congé ! Mais je voulais juste m'assurer que votre bureau était ouvert pour y déposer le résultat de mes recherches, concernant l'enveloppe que vous m'avez transmise !

S'agissant du document contenant le premier message anonyme, Blanco se redressa vivement sur son fauteuil, écarta, d'un large mouvement circulaire du bras, les dossiers relatifs au service particulier et posa ses deux coudes sur le bureau. Il afficha, déjà, un visage aussi impatient qu'interrogateur.

---Alors, Jean-Paul ? Parlez !

Le spécialiste de l'identité judiciaire répondit d'un air embarrassé, accentué du manque de confiance qui le caractérisait.

---Eh bien, j'y ai trouvé deux belles empreintes papillaires comportant plus de douze points de comparaison. Malheureusement, elles ne correspondent à aucune personne de notre fichier national. Mais…

Devant son hésitation, Blanco, brûlant d'impatience, l'aida à poursuivre son explication.

---Mais quoi ? Poursuivez !

---N'obtenant pas d'identification, j'ai cru opportun de piocher dans les relevés d'empreintes digitales qui avaient été réalisées sur les élèves des deux dernières promotions des Cadets de la République à Nice. Je sais que je ne pouvais garder ces prélèvements car il s'agissait uniquement de mises en situation. Mais, comme parfois vous me dites de suivre mon instinct, j'ai pensé que ça pourrait peut-être servir un jour. Et voilà ce que j'y ai trouvé, celle de votre fille, Mattéa ! Dois-je rédiger un rapport d'identification, Commandant ?

D'un bref mouvement horizontal de tête, Blanco répondit par la négative, avant de s'encastrer lourdement dans son immense fauteuil au cuir vieilli. Percevant l'inhabituelle indisposition de son commandant, Jean-Paul déposa délicatement son résultat sur le bureau et s'éclipsa discrètement en refermant doucement la porte.

Cet imprévisible rebondissement ébranla sévèrement Blanco. L'empreinte de sa fille, sur cette enveloppe, remettait tout en cause. A l'évidence, il n'était plus à exclure que le ou les kidnappeurs pouvaient faire partie de l'entourage de Mattéa. Un infime instant, il lui effleura l'esprit qu'elle aurait pu tenter, ainsi, d'attirer son attention, mais il écarta rapidement cette supposition. Il n'y avait pas de mobile et Mattéa ne l'aurait pas entrainé dans des opérations aussi risquées.

Il était contraint de tout reprendre à zéro et, fatalement, de rechercher une éventuelle énigme, peut-être étrangère aux affaires judiciaires traitées ici, à Nice. Il était submergé par toutes ces pertes d'énergie et de temps, pour, finalement, revenir au point de départ ! La pression augmenta sensiblement à l'idée que la vie de sa fille pouvait être réellement en jeu, contrairement à la piste des ripoux. Après quelques minutes d'un légitime étourdissement, le commandant parvint à se ressaisir. Mais, dans quelle direction devait-il orienter ses recherches, maintenant ?

Il était conscient de s'être fait balader depuis ce fameux matin du deux janvier. Pour autant, il n'avait bénéficié d'aucune autre alternative que d'exploiter, comme il l'avait si bien réalisé, les indices des quatre messages. La solution résidait, peut-être, dans ces écrits anonymes. La clé lui avait sans doute échappé devant la flagrance des indications, sans compter la paralysante implication affective. Il devait en avoir le cœur net et, sans perdre de temps, les éplucher et rééplucher. Il les disposa devant lui, sur l'immense plateau en verre de son bureau, les tourna et retourna dans tous les sens. Mais rien ne lui sauta aux yeux dont, à force d'insister, il avait tari la substance lacrymale.

Pourtant, visité subitement par ce fameux pressentiment irrationnel, il sut que l'énigme s'y trouvait. Alors, fort de cet étrange sentiment, il s'entêta à persévérer sur l'unique piste qu'il lui restait à explorer. Il recopia les quatre écrits anonymes sur une page Word de son ordinateur, pour bénéficier d'une meilleure vue d'ensemble. La sueur ruisselait sur son front, malgré la froideur relative de ce quinze janvier. Le commandant Blanco restait persuadé d'y trouver l'intrigue.

1er message

PROUVE QUI TU ES BLANCO !

A TOI DE TROUVER TA FILLE AVANT 3 SEMAINES, SINON ELLE MOURRA !

TU PAYERAS POUR LE MAL QUE TU AS FAIT !

RECOIS CE SEUL INDICE : PITESTI !

INUTILE DE PRECISER QUE TU DOIS GARDER LE SILENCE SI TU VEUX LA REVOIR !

COMPTE A REBOURS LANCE AUJOURD'HUI !

2ème message

TU ES ENCORE A PITESTI ?

HATE TOI !

IL NE TE RESTE QUE PEU DE TEMPS POUR RETROUVER TA FILLE !

MAIS JE T'AI CONNU PLUS PERFORMANT !

AMIS TUNISIENS !

3ème message

LABORIEUX BLANCO !

OMAR, DU DAKAR-BOAT, TE FERA T IL OUBLIER TES AMIS TUNISIENS ?

N'OUBLIE PAS TA PAUVRE FILLE !

4ème et dernier message

GRAND MÔSSIEUR BLANCO !

WORLD IS SMALL ! TU AS EU RAISON DE NE PAS ALLER A DAKAR !

ATTENTION, PAS LE TEMPS D'EXPLORER LA PISTE DE LA MAFIA CALABRAISE ET CELLE

DE TES AMIS FLICS ! FAIS LE BON CHOIX !

« A CHACUN SA MORT » !

Blanco tourna et retourna, en vain, les quatre messages. Mais rien ne lui fit sortir les yeux des orbites. Si ce n'est la confirmation, qu'à l'évidence, le ou les auteurs cernaient parfaitement bien sa personnalité. Pourtant, il ne se connaissait pas d'ennemi au point de commettre un acte aussi odieux. Le jeu n'en valait pas la chandelle car ses adversaires savaient qu'il avait toujours le dernier mot. Il décortiqua, une nouvelle fois, l'analyse de son amie graphologue, mais, là encore, sans résultat.

Néanmoins, il restait convaincu que la solution se trouvait dans ces missives anonymes. Au bout de deux heures de casse-tête improductif, il convint que les première et dernière phrases du quatrième message sortaient quelque peu du contexte.

« GRAND MÔSSIEUR BLANCO » ! et *« A CHACUN SA MORT »* !

Alors qu'il officiait en qualité de lieutenant de police en Guadeloupe, entre mille neuf cent quatre-vingt-dix-sept et deux mille un, ce terme, « Môssieur », très utilisé à l'époque de cette macabre période de l'esclavage, lui avait été adressé lors d'une mémorable audience correctionnelle au Tribunal de Grande Instance à Pointe-à-Pitre. Le célèbre avocat guadeloupéen, Maître Félix Rodes, défendant les intérêts de l'un des représentants du puissant syndicat local UTC-UGTG, lui avait prêté ce nom, à la suite de la fameuse affaire du mordeur, dans laquelle Blanco y avait d'ailleurs laissé une grande partie de peau de la main gauche.

Lors de ce même séjour ultramarin, à l'occasion de délicieux partages du breuvage local tiré de la canne à sucre, le surnommé C.R.S., Citron-Rhum-Sucre, soit le célèbre ti-punch antillais, il était commun de prononcer cette expression : « à chacun sa mort ! ». Ce qui, traduction faite de cette coutume créole, voulait dire qu'on se servait sa dose selon ses besoins, à ses risques et périls.

S'agissait-il donc de deux indices pour mettre Blanco sur la véritable piste à explorer, ou d'une pure coïncidence ? Et si l'enlèvement de sa fille faisait suite à une vengeance en provenance de la Guadeloupe ? Mais pourquoi maintenant, alors qu'il avait quitté cette île depuis presque sept ans ?

Le cerveau de Blanco fut empreint à un véritable cyclone. Il avait gardé de nombreux amis, là-bas. Et il comptait très peu de détracteurs, et surtout, encore moins d'ennemis. Alors qu'il réfléchissait à cette éventuelle piste guadeloupéenne, tout en observant les quatre messages alignés verticalement, une terrible apparition le fit bondir de son fauteuil.

---Ce n'est pas possible ! Comment ne l'ai-je pas vu plus tôt ? Mais quel imbécile ! Ça me crevait les yeux !

Il se prit la tête dans les mains, son cœur battait la chamade. Une énorme poussée d'anxiété rivalisa avec un indescriptible soulagement. Il sut, enfin, qu'il venait de trouver la bonne piste, il ne pouvait plus y avoir de coïncidence, l'indice était trop flagrant.

Il ne reprit que les premières lettres de chaque phrase des quatre messages qui venaient de lui dilater violemment les pupilles. Sous l'effet de l'intense émotion, la mydriase avait atteint son diamètre maximal.

« P A T R I C T H I M A L O N G W A D A ».

---Patrick Thimalon, Guadeloupe ! C'était donc ça ! Mais pourquoi maintenant ? Et qui ?

Blanco, très perturbé par ce nouveau rebondissement improbable, se plongea dans ses souvenirs. A cette époque, il était lieutenant de police, co-responsable, avec son ami JP, des services de nuit au commissariat de police de Pointe-à-Pitre, en Gwada, comme l'on surnomme la Guadeloupe.

Une nuit, à une heure, JP, son coéquipier, Alex, une nouvelle recrue, et lui, eurent à livrer le fameux combat à mort avec le légendaire Patrick Thimalon. Le palmarès de l'ex-ennemi public numéro 1 de l'arc antillais n'avait rien à envier à celui de Jacques Mesrine. Il comptabilisait une vingtaine d'années d'emprisonnement pour des actes criminels, braquages de banque, trafic de drogue, évasions, il était notamment impliqué dans l'assassinat d'un gendarme et des tentatives d'homicide envers des policiers.

Une fusillade avait éclaté, opposant le trio de policiers aux trois gangsters ; Patrick Thimalon, armé d'un fusil à pompe, sa femme, dotée d'un glock et d'un revolver, et un ressortissant dominiquais, porteur d'un fusil à pompe.

Ce terrible échange de coups de feu se déroulait en pleine nuit, dans le secteur de morne Udol du célèbre ghetto de Boissard. Le quartier le plus défavorisé de la Guadeloupe, où régnait une délinquance ultra-violente, un taux de criminalité affolant les compteurs, constitué, sur trois hectares, de cases délabrées, en bois et tôles ondulées, enchevêtrées les unes aux autres dans un labyrinthe de petites ruelles en terre battue.

Grâce à la conduite miraculeusement millimétrée de son ami, JP, Blanco se retrouvait en première ligne, puisque directement en situation de corps à corps, avec l'ex-ennemi public numéro 1. Au cours de l'affrontement sanglant, Thimalon et sa femme étaient abattus chacun de deux balles. Le troisième acolyte rendait les armes sans avoir eu le temps de faire usage de son fusil à pompe. Huit coups de feu étaient tirés en, peut-être, une seconde et demie. Blanco était touché au bras droit et présentait une brûlure à la main droite. Cette blessure résultait de la déflagration du coup de feu sortant du canon du fusil à pompe de Thimalon, au moment où il détournait l'arme et qu'Alex ripostait.

Le trio de policiers n'apprenait l'identité des belligérants et le palmarès de l'ex-ennemi public numéro 1, qu'une heure et demie après la fusillade. Pour la petite histoire, Patrick Thimalon fêtait, cette fameuse nuit, son quarante-et-unième anniversaire.

Le déroulement de l'enquête démontrait la thèse de la légitime défense. Si les policiers, à leur grande surprise, étaient plébiscités par la grande majorité des guadeloupéens, il n'en demeurait pas moins vrai, qu'à deux reprises, deux « lieutenants » de Thimalon essayaient de le venger.

Une première fois, en mai deux mille un, en lançant une grenade devant le commissariat de police à Pointe-à-Pitre. Par chance, l'une des deux parties du percuteur était oxydée, ce qui empêchât l'explosion. Une seconde fois, en août, où un guet-apens était déjoué de peu par Blanco, directement visé à la Marina de Pointe-à-Pitre. Les investigations de Blanco permettaient l'interpellation des deux malfrats, un mois plus tard. Juste avant son départ pour Nice, qu'il aurait reporté sans l'aboutissement de cette mission.

Alors, seraient-ils les auteurs de l'enlèvement de sa fille ? Pour la plupart des usagers des ghettos antillais, Thimalon était considéré comme leur « Robin des Bois », réputé pour leur reverser une partie du magot provenant de ses nombreux braquages de banque ou autres trafics de stups. En échange, il bénéficiait de leur appui logistique, notamment pour se planquer.

Blanco devait en avoir le cœur net. Il saisit immédiatement le téléphone pour appeler l'un de ses anciens hommes de la brigade anticriminalité de nuit en Guadeloupe, le fameux Alain. Il était toujours en contact avec lui et voulait s'assurer que les deux « lieutenants » étaient toujours incarcérés.

---Oh Blanco ! Ka ou fe ? (Comment ça va ?)

---Sa ka maché ! (Ça marche !) Je fais vite, je t'expliquerai plus tard ! Dis-moi juste une chose, les deux hommes de main de Thimalon sont toujours sous les verrous ?

---Oui Blanco, ils en ont pris pour vingt ans ! Avec toutes les affaires qu'ils avaient sur le dos !

---Ok, merci mon frère ! Je dois faire vite ! Tiens-toi prêt, je risque d'avoir besoin de toi, ces prochains jours !

Blanco savait maintenant que ces deux lascars ne pouvaient donc être les ravisseurs de Mattéa. Mais alors qui ? Il fallait sans doute chercher dans le proche entourage de Thimalon. Un dernier élément corrobora, sans rémission, la piste guadeloupéenne. Blanco s'en mordit les doigts de ne pas avoir fait la connexion, dès le premier message délivré. Car, s'il avait décompté ce terrible compte-à-rebours de trois semaines, débutant le deux inclus, la date butoir du vingt-deux janvier, gravée à jamais dans sa mémoire et celles de ses deux amis co-équipiers, l'aurait immédiatement interpellé.

En effet, il s'agissait du dramatique anniversaire de la mort de Patrick Thimalon et de sa femme. La forte émotion affective, qui l'avait assailli lors de la lecture du courrier anonyme, avait prévalu sur son habituelle imperturbable lucidité. Le ou les kidnappeurs avaient anticipé cette réaction compréhensible. De toute façon, il était inutile d'essayer de rattraper le temps irrémédiablement perdu. Il convenait plutôt d'exploiter cette piste le plus rapidement possible, maintenant qu'elle était, enfin, très clairement identifiée.

Blanco rendit une brève visite à ses deux garçons et à son gendre pour les informer de ce brusque renversement d'orientation. Vu la mine affichée par leur père, les deux fils comprirent immédiatement qu'il touchait enfin au but.

---Tu l'as, padré ?

---Pas encore mais j'en connais la cause. Où est Edson ?

---Il est sorti, il y a environ un quart d'heure. Il était très nerveux, nous nous sommes encore embrouillés et avons même failli en arriver aux mains, au sujet de la disparition de notre mère. Il ne gère pas l'évènement, padré. Il nous gave plus qu'autre chose.

---Bon, ce n'est pas grave, nous nous sommes toujours débrouillés seuls, on va continuer comme ça. Il faut oublier ce drame traumatisant, la piste de votre mère est inenvisageable. Si vous estimez qu'il ne maitrise pas la situation, ne le prévenez pas du dernier rebondissement. Ça lui évitera de paniquer. Le principal est qu'il assure votre sécurité.

Blanco leur réexpliqua, succinctement, le jeu de piste auquel il avait été confronté depuis le début du mois et, surtout, les preuves incontestables qu'il venait de décrypter des quatre messages, l'orientant définitivement sur le volet guadeloupéen et cette fameuse affaire de la fusillade du 22 janvier 2001.

---Il faut que je bosse sur l'entourage de Thimalon ou celui de sa femme ! Ça n'est pas facile à distance mais j'ai mis Alain à contribution, je sais pouvoir compter sur lui. Je vais aussi contacter Alex, il bosse à l'antenne S.R.P.J. de Guadeloupe, maintenant. Sans perdre un instant, il se saisit de son téléphone.

---Salut Alex, c'est Blanco !

---Oh ! Salut Blanco…

Le commandant lui coupa immédiatement la parole.

---J'ai urgemment besoin de toi, Alex ! Je n'ai pas le temps de te donner d'explications ! Peux-tu ressortir le dossier Thimalon et me dire s'il avait un frère, un enfant ou

140

un membre de sa famille, voire de son entourage, avec qui il était particulièrement proche ?

---Ok, j'te rappelle !

Pour ne négliger aucun détail, maintenant qu'il apprivoisait la fulgurance de ses angoisses répétées, il procéda par élimination. Inutile de se rendre en Guadeloupe, Mattéa ne pouvait y être séquestrée. Il s'en était enquis auprès des différentes compagnies aériennes, via le fichier spécifique de la Police Aux Frontières.

Autre élément essentiel, au vu de la diffusion des quatre messages anonymes, le ou les auteurs se trouvaient forcément dans la région. Pour preuve, cet impressionnant tempo dans la transmission de ces quatre missives. Ce qui confirma un autre point incontournable, le ou les kidnappeurs devaient graviter dans son entourage proche, pour connaître aussi bien ses faits et gestes, notamment depuis l'enlèvement de Mattéa. Sans parler de la parfaite connaissance de ses affaires judiciaires à Nice, alors que ses enfants n'en connaissaient pas le dixième.

Alex rappelait déjà et infirma que Thimalon avait un frère ou un enfant, et confirma que ses deux principaux « lieutenants » étaient incarcérés. Pour autant, Blanco lui demanda tout de même de chercher du côté de l'île caribéenne de la Dominique, dans l'environnement de sa femme, qui en était originaire. Alex actionna son contact dominiquais et rappela aussitôt.

---C'est compliqué là-bas, Blanco. Les bouches se ferment dès que l'on évoque le nom de Thimalon. Ils en ont encore la frousse, après toutes ces années.

---Ce n'est pas grave Alex, il me reste un contact à Roseau. Tu te souviens d'Ecila ? Elle y enseigne le français. Je vais la contacter. Tiens-toi prêt, je vais sans doute avoir besoin de toi !

Blanco téléphona immédiatement à cette jolie guadeloupéenne, dont il avait succombé au charme et au savoureux goût de miel, à l'époque où il officiait au « pays des merveilles ». Il dut faire abstraction des délicieux souvenirs des folles nuits endiablées, sur les hauteurs du fort « fleur d'épée » ou sur les bords de la plage des Salines. Sans compter les inoubliables séjours dans les dépendances de l'île, avec sa magnifique partenaire créole. Comment aurait-il pu oublier ses longues tresses, flirtant avec le bas des reins, dont la progression semblait freinée par le galbe sportif de ses jolies fesses, à la couleur et à la douceur de la sapotille ? Ils avaient conservé le contact et s'étaient d'ailleurs revus à Nice.

Elle répondit avec embrasement, mais son excitation fut vite refroidie par le tempo expéditif imposé par son ex-amant.

---Dis-moi, Ecila, j'ai besoin d'un renseignement capital ! Peux-tu me dire, via ton ministère de l'Education, si une fille ou un garçon, répondant au nom de Thimalon, a déjà été scolarisé à la Dominique ?

Elle, qui connaissait cette affaire comme tout le monde aux Antilles, l'avisa avec surprise.

---Il avait un enfant ?

---Je ne sais pas, c'est ce que je voudrais savoir, je t'expliquerai plus tard. Rappelle-moi au plus vite, s'il te plait, c'est très urgent !

Une demi-heure plus tard, la « jolie terrienne », comme il la surnommait parfois, le rappela. Le renseignement, qu'elle lui communiqua, lui glaça le sang.

A sa grande surprise, Patrick Thimalon et sa femme avait eu un fils en mille neuf cent quatre-vingt-cinq à Roseau, à la Dominique, avant que l'ex-ennemi public numéro 1 soit condamné, l'année suivante, à une peine de vingt ans de prison. Mais, bizarrement, il n'y avait plus aucune trace de cet enfant dans ce pays depuis le début deux mille un, après la tragique disparition de ses parents.

Pour Blanco, la messe fut dite, il ne fit plus aucun doute que c'était bien lui qui voulait venger la mort de ses parents et le toucher au plus profond de sa chair. Le commandant se mit immédiatement en quête de le retrouver ?

Son téléphone sonna à nouveau. Alex venait de retrouver la trace de ce fils auprès du service d'état-civil de la commune guadeloupéenne de Morne-à-l'Eau. Il avait pris le nom de jeune fille de sa grand-mère paternelle et se prénommait Tiago. Ce jeune, d'une vingtaine d'années, était inconnu des services de police et venait d'obtenir une licence en droit.

Soudainement, des frissons parcoururent tout le corps de Blanco et le firent quasiment vaciller sur ses jambes. Il venait de comprendre et s'affala sur le canapé, le visage aussi blanc qu'un linge. Ses fils s'interrogèrent sur les raisons de son état. Devant l'inquiétude de leurs regards, il se ressaisit.

---Ne vous inquiétez pas, c'est juste un petit étourdissement. J'ai peu mangé et dormi ces derniers temps. Ça va aller !

Hors de portée de leurs oreilles, il repassa un coup de fil à son contact de la Police Aux Frontières qui l'informa que son gendre, Edson Ducos, n'apparaissait sur aucun vol le premier janvier deux mille huit, ni sur d'autres après cette date, d'ailleurs. Ses deux derniers voyages dataient du mois d'août dernier. Il s'agissait d'un aller-retour Paris/Pointe-à-Pitre, suivi d'un aller simple Paris/Nice.

Or, dixit Edson, Mattéa, était censée l'avoir déposé, le 1er janvier, à l'aéroport de Nice, pour qu'il prenne l'avion à destination de Paris. Et Blanco, lui-même, était allé l'y récupérer, quelques jours plus tard. Le ciel lui en tomba sur la tête. Il rappela immédiatement en Guadeloupe.

---Dis-moi, Alain, tu m'as bien dit avoir reçu mon gendre, en stage, il y a deux ans, dans ton service ? Pourrais-tu m'en dire un peu plus sur lui ?

---Ouais, c'était un bon petit gars du Raizet aux Abymes, doté d'une très bonne mentalité. Il n'avait pas un gabarit impressionnant mais il ne s'en laissait pas compter pour autant sur le…

Blanco, le cœur battant la chamade, lui coupa immédiatement la parole.

---Comment ça, un petit gabarit ?

---Oui, Blanco, je me souviens de cette anecdote car il avait dû suivre plusieurs séances de kiné pour atteindre le mètre soixante requis à l'admission au concours de gardien

144

de la paix ! Il m'avait marqué car il était orphelin et avait été élevé à la DDASS en Guadeloupe.

---Merde ! Désolé, Alain, je dois raccrocher. Je t'expliquerai plus tard.

Il rappela immédiatement Alex.

---Dis-moi, Alex, vous n'auriez pas une affaire de cadavre non identifié, à la Crim', depuis le mois d'août dernier ?

---Si, Blanco, effectivement, on se casse les dents, depuis quelques temps, sur la découverte d'un corps calciné d'un homme étêté. Il a été retrouvé à la mi-décembre, par un randonneur égaré, dans la région du saut de la lézarde en Basse-Terre. A priori, il s'agirait d'un jeune d'une vingtaine d'années et de petite taille. Personne ne s'est manifesté.

---D'après le médecin-légiste, la mort remonterait à quand ?

---Il tablait justement sur la fin du mois d'août dernier. Pourquoi, tu as quelque chose, Blanco ?

---Oui, j'ai sans doute votre homme. J'te rappelle !

Quelle horreur, le fruit pourri garnissait sa propre corbeille. Impensable ! Il pensait avoir tout vu dans sa tumultueuse carrière, mais là, excusez du peu ! Cette fois-ci plus de doute possible, son gendre, Edson, qui se disait d'origine guadeloupéenne, ne pouvait être que le fameux fils caché des époux Thimalon, et donc, le ravisseur de Mattéa. D'ailleurs, avec le recul, il correspondait, en tout point, au signalement de l'étrange visiteur aperçu sur la vidéoprotection des entrepôts Shurgard.

145

Blanco s'en voulait à mort de ne pas avoir découvert l'énigme plus tôt, car, qui, plus que son pseudo-gendre, connaissait aussi parfaitement ses affaires niçoises, pour en relire les archives très régulièrement et l'en questionner sans relâche. Il avait mis cela sur le compte du profond intérêt qu'il portait à son nouveau métier.

Puis, cette date du vingt-deux janvier, qui ne cessait de lui résonner en tête. Comment n'avait-il pas fait le rapprochement immédiatement ? Il aurait pu prendre la bonne piste dès le départ, mais l'auteur savait sans doute que l'impact sentimental aurait eu cet effet aveuglant sur lui. Blanco dut se faire violence pour sortir de ce chaos. Il choisit l'option de ne rien dire à ses deux garçons, afin qu'ils ne changent pas d'attitude lors du retour de ce traître de Tiago. Ce dernier rentrait, d'ailleurs, quelques minutes plus tard, surpris de voir son beau-père. Il l'avisa avec beaucoup d'aplomb.

---Ah ! Vous êtes là, Monsieur ! Alors ?

Blanco serra, à l'extrême, les poings dans les poches, à s'en broyer les doigts. Ce salopard de ravisseur se tenait là, debout devant lui, à sa portée. Il eut une soudaine et naturelle envie de lui casser les dents. Mais il devait, en priorité, découvrir le lieu de capture de sa fille. Il prit sur lui, le professionnel revenant au galop, et lui narra son périple depuis le deux janvier. Ainsi, il fit diversion en lui laissant croire qu'il ignorait totalement l'identité du kidnappeur.

---Je suis dans l'impasse, Edson. Je vais avoir besoin de toi. Je n'y arrive plus.

Une lueur de fierté et de perversion trahit, quelques instants, le regard de Tiago, qui se ravisa aussitôt. Il profita

146

de l'avantage, qu'il pensait toujours d'actualité, pour rabaisser son beau-père de circonstance, devant ses deux garçons.

---Je ne comprends pas, Monsieur Blanco ? Vous avez dû faire quelque chose de grave pour qu'on vous en veuille à ce point ? Comment voulez-vous que je vous aide, si vous taisez des faits que l'on devrait connaître ?

Il savourait cet instant de supériorité à l'endroit de ce flic qu'il détestait au plus profond de ses entrailles. C'était l'assassin de ses parents, comme le lui avait raconté sa grand-mère, elle-même informée par les proches de son défunt fils.

On lui avait rapporté que deux flics blancs avaient été missionnés de métropole, pour abattre son père. Et que lors de cet assaut, ses parents n'avaient eu aucune chance de s'en sortir vivants. Il avait été élevé avec cette idée récurrente d'exécution sommaire, alimentant toute sa haine depuis sept longues années. Il n'avait construit son avenir que sur cet inassouvissable projet de vengeance, uniquement imprégné de cette obsession maladive, à la limite du syndrome catatonique.

Tiago était maintenant certain que son plan machiavélique serait couronné de succès, persuadé de tenir son châtiment. Il savait que le temps était compté car, un jour ou l'autre, le corps de son ami de circonstance, le vrai Edson Ducos, serait identifié en Guadeloupe.

Mais, il avait juré, sur la tombe de ses parents, que sa vengeance serait effective un vingt-deux janvier, en leur mémoire et pour atténuer ses terribles souffrances le jour d'anniversaire de leur mort.

Et dire que le commandant lui avait confié la sécurité de ses deux garçons. L'égo de Blanco en prenait un sale coup. Il devait feindre de jouer le jeu pervers de Tiago, la découverte de sa fille en dépendait. L'enjeu fut de savoir où il pouvait se rendre lorsqu'il s'absentait, en général, quarante-cinq à soixante minutes, toutes les trois ou quatre heures, pour soi-disant s'aérer le cerveau. Le commandant l'avisa en n'exposant aucun signe de regain d'assurance.

---Je ne sais plus Edson, je suis perdu. Tu as raison, j'ai dû faire quelque chose de très grave pour mériter un tel sort. Je m'en veux, tout est ma faute ! On doit reprendre depuis la dernière fois que tu l'as vue. J'aimerais pouvoir aller me dérouiller les jambes pour retrouver un peu de lucidité. Tu veux qu'on marche un peu ?

Ils sortirent, tous deux, faire quelques pas. Blanco caressait l'espoir que, machinalement, Tiago empruntât le même début d'itinéraire que pour se rendre sur le lieu de séquestration de sa progéniture. Ce qui semblât se dessiner.

Sans réfléchir, son pseudo-gendre se dirigea immédiatement sur la promenade des Anglais, distante d'une centaine de mètres de son appartement de la rue de France, dans le Carré d'Or, et prit la direction de l'Est, vers le Vieux-Port. Blanco l'observait du coin de l'œil et remarqua que son regard ne lâchait pas le fameux restaurant « Les Bains », située au bout de la Prom'.

A la vitesse de la lumière, un courant électrique circula dans toutes les veines de son corps. Il sut, à cet instant précis, où se trouvait sa fille. Pour autant, il dut cacher son immense émotion sous un faux air déboussolé.

148

Il fit la corrélation entre son étrange cauchemar et cette grotte. Et c'était sans en connaître la révélation cauchemardesque de sa fille qui ressentait, souvent, les évènements particulièrement graves commis dans les lieux qu'elle visitait. C'était bien dans cette enceinte, qu'une sauvage bataille avait opposé l'envahisseur allemand, aux forces françaises libres, composées, en partie, de policiers. Acte de bravoure qui valût d'ailleurs à la police nationale, de jouir de cette concession pour une durée d'un demi-siècle. Lui, qui connaissait parfaitement cet endroit, l'identifia formellement maintenant, il s'agissait bien de la réserve du restaurant « Les Bains », taillée à même la roche.

Il feignit un malaise pour s'assoir sur les chaises bleues, face à la mer, en prenant soin de laisser ce salaud de Tiago sur sa droite. Ainsi, il pouvait mieux observer son regard persistant, en direction de cette grotte. Ce qui confirma, sans aucun doute possible, qu'il détenait sa fille, dans ce resto de plage, fermé pour cause de basse-saison.

Et dire que, depuis quelques jours, le commandant Blanco y passât à proximité, à plusieurs reprises, pour se rendre vers le Vieux-Port !

Il n'y avait plus un dixième de seconde à perdre, maintenant qu'il était certain du lieu de détention de sa fille. La pauvre devait avoir perdu tout espoir qu'on la retrouve un jour.

Epilogue

Au bout de quelques minutes, simulant toujours l'égarement, Blanco lui tapota l'épaule et l'informa qu'il regagnait la caserne Auvare, prétextant qu'il devait rééplucher les quatre messages. Il prit la direction du Vieux-Port pour, soi-disant, y récupérer son véhicule de service.

Rapidement parvenu à hauteur du restaurant-plage « Les Bains », se trouvant en contre-bas sur sa droite, il traversa la chaussée pour pénétrer discrètement dans l'hôtel « Le Suisse », en vis-à-vis. De cet endroit, il bénéficiait d'une vue imprenable sur l'escalier descendant directement au site. Après toutes ses années de terrain, il maitrisait habilement la technique du « voir sans être vu ».

Son dispositif fonctionna à merveille, puisqu'à peine cinq minutes plus tard, il constata l'arrivée de Tiago, stoppant net sa progression devant l'escalier d'accès aux « Bains ». Après avoir donné quelques coups de tête de sécurité, il emprunta cette voie, avec détermination.

A cet instant, Blanco craignit que l'exponentielle augmentation des battements de son cœur résonne dans tout le hall de l'hôtel, tant la tension devint intense. C'était enfin l'heure de vérité, le moment où il devait sauver sa fille, des mains de ce pervers revanchard. Il traversa, aussi précipitamment que prudemment, le boulevard de la promenade des Anglais, pour éviter, d'une part, de perdre un temps précieux ; d'autre part, de se faire renverser par le flot incessant de voitures. Il eut été inconcevable que sa quête se terminât ainsi, si près du but, alors qu'il avait survécu aux si risqués périples roumain et tunisien.

Il dévala, à son tour, les escaliers en colimaçon menant au restaurant, tout en chaussant fermement la crosse de son arme. Il pénétra silencieusement dans la salle principale dont Tiago n'avait pas pris soin de verrouiller la porte d'entrée. Le rythme des battements de son cœur s'intensifia encore, à lui en faire rompre la cage thoracique. Il n'avait jamais été aussi près du but, sa fille se trouvait, enfin, à portée de ses mains.

Il bénéficia de la parfaite connaissance des lieux pour progresser en terrain familier. « Les Bains » étaient constitués de la partie terrasse, sur la plage de galets, de la salle couverte du restaurant, dans laquelle il venait d'entrer, du petit corridor conduisant à la cuisine, qu'il emprunta à pas de velours. Enfin, il fit face à l'épaisse porte métallique de cette fameuse arrière-salle à usage d'entrepôt.

Cette imposante feuille rouillée, d'acier d'époque, ne représentait plus que l'unique séparation entre sa fille, Mattéa, et lui. Dire qu'il se trouvait à quelques mètres de sa progéniture et que, derrière cette porte, elle devait y avoir vécu un véritable calvaire durant ces deux longues semaines de séquestration.

Le temps n'était pas opportun à se torturer l'esprit de savoir dans quel état il allait la retrouver, mais, plutôt, d'actionner le déclenchement de son intervention. Il savait qu'il devrait bénéficier de l'effet de surprise pour inverser le rapport de force, conscient qu'il n'aurait qu'une seule opportunité de sauver sa fille.

Suffisant, Tiago n'avait pas pris soin, non plus, de verrouiller cet accès. Après une profonde inspiration, Blanco l'ouvrit fougueusement, ce qui fit sursauter le ravisseur qui lâcha la seringue des mains.

Blanco voyait enfin sa fille, attachée à une chaise et maintenue, par le cou, à une grosse chaîne en acier fixée au plafond. Au bas de la cagoule démunie d'orifice, lui recouvrant la tête, il distinguait ses longs cheveux noirs bouclés qui en dépassaient laborieusement. Les très lents battements de son cœur, visibles sur sa cage thoracique, à travers son t-shirt blanc, maculé de sang à la base du col, l'assuraient qu'elle était encore en vie.

Surpris, Tiago braqua son arme de service sur la tête de Mattéa et lui ôta brutalement la cagoule. Elle respirait très faiblement. Elle entrouvrit péniblement un œil, sa vision floue s'arrêta sur le regard médusé de son père. Son bâillon, conjugué à son extrême état de fatigue, l'empêcha de prononcer la moindre lettre.

Un soupir, à peine perceptible, et un léger affaissement de l'ensemble de son corps, semblèrent exprimer un infime aveu de réconfort et de soulagement. Bien que quasi inerte sous l'effet médicamenteux, l'apparition d'une légère couleur rosie, sur ses joues d'un pâle translucide, laissait entrevoir, tout de même, un relatif discernement, aussi mince soit-il.

Inconsciemment, le regard de Blanco se figea, un dixième de seconde, sur le ventre de sa fille, en espérant que le fœtus survive à tant de commotions. Elle ouvrit enfin l'autre œil, puis son regard exprima une indescriptible horreur, lorsqu'elle identifia son ravisseur de fiancé.

Concomitamment, Blanco braqua son arme en direction de l'imposteur. Tous deux se défiaient virilement du regard. Mais le commandant comprit aussitôt que la configuration des lieux et surtout, son angle de tir, lui interdisaient tout départ de feu sans risquer pour l'intégrité physique de sa fille et de sa future descendance.

Tiago resta debout, derrière sa victime, et accentua le contact appuyé de son arme, sur la tempe de sa fiancée de circonstance, occasionnant une inclinaison à 45° de la tête de sa captive. Froidement, il ouvrit le bal.

---Lâche ton arme, Môssieur Blanco, sinon je lui fais sauter la cervelle !

Blanco l'avisa sur un ton le plus bas possible, particulièrement adapté pour faire retomber la pression.

---Calme-toi, Tiago. Il est encore temps de trouver un arrangement, petit.

L'annonce de son prénom saisit le jeune kidnappeur.

---Comment, et depuis quand, tu connais mon nom, espèce de fumier de flic ?

Le commandant s'évertua à profiter de ce second effet de surprise pour tenter d'inverser le rapport de force.

---C'est mon métier, petit, pose ton arme !

Mais, cette phrase fit davantage monter Tiago dans les tours.

---Ton métier ? Tuer les gens ! Et je ne suis pas ton petit ! J'étais celui de mes parents ! Et tu les as assassinés ! C'est ça ton métier ? Maintenant, tu vas enfin payer pour le crime que tu as commis, Môssieur Blanco, le soi-disant invincible ! Mais avant cela, je vais tuer Mattéa, devant tes yeux ! C'est la loi du talion ! Tu as tué ma mère et mon père !

Je tuerai ta fille, enceinte, comme l'était maman lorsque tu l'as descendue ! Et, je te flinguerai, enfin !

Blanco tenta de le calmer, par une gestuelle adaptée en pareille circonstance. Mais Tiago, sous l'emprise d'une haine sans équivoque, manifestait de plus en plus de nervosité. Il enserra davantage la poignée de son arme. Le flic aguerri décela une inquiétante crispation de l'index du ravisseur, sur la queue de détente du SIG SAUER. Une pression de plus et le coup de feu se déclenchait.

Blanco fit abstraction de tout parasite de l'affect. Dès lors, , il joua véritablement sa partition, comme il le réalisât, avec autant de succès, au cours des phases à haut risque de sa carrière. Tout d'abord, il devait trouver la solution pour faire relâcher la pression du doigt de Tiago, sur la queue de détente, et réengagea la discussion.

---Je sais, depuis deux heures, que tu es le fils de Patrick Thimalon. Mais je t'en supplie, écoute-moi. Je n'ai pas assassiné tes parents comme certaines personnes, mal renseignées, te l'ont rapporté. Si tel avait été le cas, tu te doutes bien que nous aurions flingué le troisième individu qui les accompagnait. Réfléchis, s'il s'agissait d'une exécution, nous n'aurions laissé aucun témoin en vie !

Il narra, précisément et calmement, les circonstances de cette fusillade du 22 janvier 2001 dans le ghetto guadeloupéen de Boissard, tout en élaborant son plan d'action. Mais, le jeune Tiago lui coupa la parole, réfutant cette nouvelle version des faits. Puis, celui-ci prit un malin plaisir à lui élaborer les détails de toute sa stratégie d'approche, jusqu'au plan machiavélique de l'enlèvement.

Notamment, il confirma avoir supprimé ce pauvre policier, Edson Ducos, dans les circonstances évoquées par Alex, pour usurper son identité. Fort de ses connaissances en droit, il avait, sans aucune difficulté, pris sa place officieusement entre sa sortie d'école à Paris et son affectation à Nice. De cette manière, tout le monde n'y avait vu que du feu, d'autant que ce jeune policier, orphelin, était le seul élève de sa promotion à obtenir un poste à Nice. Il connaissait parfaitement sa victime et lui avait tendu ce piège en Guadeloupe, alors que sa proie profitait de vacances, entre cette fin de formation de police, en ce dernier mois d'août, et sa future affectation en septembre.

Ainsi, il possédait tous les éléments utiles pour approcher Blanco, via l'implacable jeu de séduction diligenté à l'endroit de sa fille. De cette manière, le tour fut joué, pour pouvoir assouvir sa vengeance. Après s'être délecté, à en saliver, du terrible impact de son récit, sur le faciès très marqué de son futur défunt d'ex-beau-père, Tiago, fort de son ascendant, reprit les hostilités.

---La discussion est terminée, maintenant ! Passe-moi ton arme et peut-être que j'épargnerai ta fille ! Sinon, je lui fais sauter le caisson !

Blanco, l'œil avisé, observa, avec consternation, que la pression du doigt de Tiago, sur la queue de détente de son arme de poing, n'avait pas faibli d'un iota. Il devait trouver une alternative pour la réduire nécessairement.

Il comprit qu'aucune négociation ne serait envisageable, car son adversaire camperait sur ses positions, embrigadé par sept trop longues années de conditionnement. Il sut qu'il pourrait difficilement prendre l'initiative d'une quelconque action directement engagée. A

155

l'évidence, il devrait provoquer une réaction de son antagoniste pour le surprendre. L'affrontement armé ne faisait plus l'ombre d'un doute dans l'esprit du flic aguerri à ce genre d'exercice, notamment dans le combat à mort qui l'opposât à l'ex-ennemi public numéro un de l'arc antillais.

A l'instar de cette fusillade, Blanco savait qu'il comptait, également, un temps de retard sur leur fils. C'est, ici encore, le stress positif qui devrait l'emporter sur celui négatif. L'ex-lieutenant de police en avait bénéficié, ce fameux vingt-deux janvier deux mille un, ajouté au détail qu'il découvrit plusieurs années plus tard. Ce qui lui valut d'échapper, miraculeusement, à une mort certaine.

Blanco essaya, une dernière fois, de faire relâcher la pression du doigt de Tiago, en tentant de détourner son attention.

---Dis-moi, Tiago. Il y a une incohérence dans l'élaboration de ton plan. La probabilité de rencontrer, en Guadeloupe, ce jeune flic, orphelin, affecté, dès sa sortie d'école de police, directement au commissariat de police à Nice, était quasi nulle. Il y a, là, un élément qui m'échappe.

Tiago ne s'en laissa pas divertir. Au contraire, il riposta avec fougue, entrainant une pression encore plus appuyée sur la queue de détente, à la limite du départ du coup de feu.

---La ferme, Môssieur Blanco ! T'es plus en position de faire le malin, là ! J'ai bossé comme personne pour obtenir ma licence en droit et pouvoir, muni de ce bagage requis *a minima*, me présenter au concours d'officier de la police nationale, dans le seul but de t'approcher au plus près. Conformément à l'adage « pour connaître ton ennemi, fais-en ton ami ! ». Puis cette opportunité, je t'le concède, effectivement incroyable, s'est offerte à moi. La perspective de gagner au moins deux ans sur ma stratégie, n'a pas fait l'ombre d'un doute, c'était un véritable cadeau du ciel. Alors, tu m'as pris pour qui ? File-moi ton arme, maintenant ! Où je lui explose la tête !

Blanco n'avait plus aucune autre alternative que de lui donner son SIG SAUER. Mais, comme toujours, il élabora, instinctivement, la stratégie la plus appropriée pour sortir de cette impasse et sauver sa fille.

Il avait connu une situation similaire, en tout début de carrière, alors gardien de la paix stagiaire en région parisienne, au cours de laquelle il avait été braqué par un malfaiteur qui tenait en otage son co-équipier. Il avait eu la vie sauve, ainsi que son collègue, à la faveur d'une diversion inattendue qu'il avait initiée d'instinct, feignant la présence d'un troisième collègue imaginaire derrière le braqueur pour détourner son regard. Ainsi, il avait pu le désarmer d'un coup de pied circulaire, sans faire usage de son arme.

Il devait appliquer une stratégie apparentée, même si le contexte était différent. A ce stade, il convenait de fermer, au possible, l'angle de tir de Tiago, et, surtout, de s'en ouvrir un, susceptible de préserver l'intégrité physique de sa fille.

Blanco savait que l'heure du dénouement était arrivée. Il expira lentement pour atteindre la meilleure concentration et le plus grand relâchement possible, fidèlement à ses exercices habituels de sophrologie. L'enjeu de sa vie se dressait irrémédiablement devant lui. Il avait été le premier à voir sa fille vivante, à la maternité, il ne voulait pas être le dernier à l'avoir vue en vie, dans cette morbide grotte de la promenade des Anglais.

Son immense professionnalisme balaya tous les parasites, il était uniquement concentré sur la réalisation millimétrée de sa stratégie. Toute erreur eut été, aussitôt, irrémédiablement sanctionnée. Il fléchit doucement les jambes et posa lentement son SIG SAUER, 9 mm, sur le sol, tout en indiquant un signe de soumission de l'autre main.

Cette gestuelle était uniquement destinée à capturer le regard du kidnappeur. Tiago commit l'erreur de faire preuve de suffisance, persuadé qu'il bénéficiait d'un avantage incontournable sur Blanco. Il subit, inconsciemment, le tempo des mouvements imposés par ce flic expérimenté.

Mattéa, dont l'effet du Propofol s'amenuisait, comprit, devant l'attitude extrêmement calme de son père, que son intervention était imminente. Elle le connaissait par cœur, lorsqu'il voulait leur faire passer un message, à la maison, il n'avait nul besoin de parler. Elle reconnut ce moment, prit une profonde inspiration, bloqua sa respiration et ferma les yeux.

Sans qu'il ne s'en aperçoive, le monopole de la situation échappait, doucement mais sûrement, à Tiago. Ayant déjà capté son regard, ne restait plus à Blanco qu'à le décaler légèrement afin d'ouvrir un angle de tir suffisant. A l'aide de son pied droit, il fit glisser son arme sur le sol, à cinquante centimètres sur la gauche de Tiago qui ne quitta pas des yeux le commandant. Cette stratégie mise en place, Blanco n'avait plus qu'à attendre le moment où Tiago orienterait son attention sur l'arme pour la ramasser. Le commandant savait qu'il n'y aurait pas de plan B, excepté le cas où l'arme de son opposant s'enraye. Sa fille retenait toujours sa respiration.

Au millième de seconde où le regard de Tiago se dirigea vers l'arme, et qu'il allait se baisser pour s'en emparer, Blanco se jeta au sol, le plus à droite possible, tout en chaussant et sortant son arme secrète, fixée à la cheville droite. A cet infinitésimal instant, Tiago comprit que le rapport de force venait, irrévocablement, de s'inverser.

L'expérience prenait un indiscutable ascendant. Blanco l'avait doublé, il ne lui avait jamais dit, ni à personne d'autre d'ailleurs, excepté quelques conquêtes furtives qui l'eurent brièvement aperçue, qu'il portait une arme de cheville à un coup.

Les yeux exorbités, Tiago aperçut une flamme sortir du canon de l'arme de Blanco et ressentit une violente brûlure en plein cœur. En se crispant, il appuya instantanément sur la queue de détente de son arme et déclencha un tir intempestif, avant de s'affaler au sol, les yeux rivés dans le regard de Blanco, qui sauta immédiatement sur lui pour s'assurer de le neutraliser définitivement. Mais, il constata que le jeune Tiago était mort sur le coup.

Le commandant venait de réussir l'impossible exploit, comme il y a sept ans, dans le fameux ghetto de Boissard. Il ressentit la même sensation, plus ou moins euphorique, d'être surpris de se sentir sain et sauf, malgré les facteurs aussi défavorables. Qui plus est, il venait de sauver la vie de sa progéniture.

Soudainement, face à l'immobilisme de sa fille, Blanco fut empreint à la plus intense poussée d'anxiété qu'il n'ait eu à connaître. Il glissa la main sous le menton de Mattéa et lui orienta le visage dans sa direction. Il aperçut un filet de sang, couler de sa tempe.

La balle tirée de l'arme de Tiago avait ricoché sur la paroi épaisse de la grotte et atteint Mattéa. Sous l'impact, elle avait perdu connaissance, quand bien même l'ogive l'avait touchée en bout de course.

Il lui délia les liens et la plaça, contre lui, en position demi-assise. Il appliqua, avec force, un linge sur le côté gauche de son crâne, la balle n'avait qu'effleuré le cuir chevelu. Elle reprit lentement sa respiration, tout en restant, fort heureusement, dans un endormissement profond.

Sans la lâcher d'un pouce, il appela les secours et la serra très fort contre lui. Il se remémora la première fois qu'il l'avait tenue dans ses bras, il y a déjà plus de vingt ans. Ce n'était pas son genre, mais il fondit frénétiquement en larmes. La pression retomba enfin. Il avertit immédiatement ses deux fils, qu'il entendit exploser de joie et se jeter dans les bras l'un de l'autre. Il était fier d'avoir réussi la mission de sa vie. Sa fille était sauve.

Il eut une vive pensée pour son ami Jean-Marc qui, sans le savoir, l'avait sorti d'un bien mauvais pas, en l'initiant à ce port d'arme aussi improbable que non administratif. Il le remerciera quelques jours plus tard.

Alors que les services de secours prirent en charge sa fille, Blanco lui posa la main sur le ventre et fut empreint à un étrange pressentiment qui le fit tressaillir.

Irrémédiablement, sa fille portait en elle, ses gènes et ceux de Thimalon.

Elle accouchera, sept mois plus tard, de faux-jumeaux, aux comportements si opposés...